中公文庫

俳人風狂列伝

石川桂郎

中央公論新社

目次

推薦のことば

俳人種田山頭火の「風狂」に感動した人々に、ふたたびこの一冊をすすめる。ここに語られた十一人の俳人は、すべて風狂の人であり畸人である。あるいは世俗に抗しあるいは俗塵にまみれながら、あくまでおのれの詩境を守った俳人とその周辺が、著者の深い愛情と練達の文章で物語られ、事実は小説よりも胸をうつことを証している。

永井龍男

俳人風狂列伝

蛸の脚――高橋鏡太郎

周囲の患者の寝息から、消燈後およそ三時間は経過している。そっとベッドを降り、高橋鏡太郎《たかはしきょうたろう》と名札を貼った痰コップに指をかけると、それを持って忍び足に病室を出た。夜勤看護婦の目をどうごまかしたか、忍び足に安静度一の患者の病室に入る。さいわい目を覚ます気配はないと知って、枕頭台の痰コップを鷲摑みに、おそらく血痰、血線の走るその痰を自分の痰コップへ注ぎ込むことに成功した。さすがに手足のふるえがとまらぬ思いだったろうが、自分のベッドへやっと戻る。動悸のおさまるまでしばらくジッとしていたあと、こみあげる吐き気をおさえ、一気に半分ほど痰を飲んだ。そして手洗場へ走ると、血腥《ちなまぐさ》い口中をいくども嗽《うがい》した。それにしても、痰まで飲む必要があったたか、後にこの話を友人の医者に話すと、検痰で菌が出れば、すぐ検便をされるからだろうと答えた。

以上は、帖面舎版『高橋鏡太郎の俳句』の年譜を見ると、昭和三十四年ごろ、府中市の中河原病院に入院中の出来ごとである。なぜそのような身の毛もよだつ行為に及んだか、それについてはわれわれの考えもつかない理由があった。

それまで知友にさんざん迷惑をかけ、愛想をつかされ、どん底の生活を舐め尽くした鏡太郎に、肺結核の入院生活は天国だったのだ。配膳室から運ばれてくる味噌汁、スープ、野菜の煮つけ、焼魚などすべて患者の手もとに届くころは冷めきっているし、おまけに食器類はアルマイト製、贅沢をいうわけではないが、家庭の三度の食事の概念からおよそ遠いものだ。それでも鏡太郎にとっては、入院前の食生活に較べ据え膳付き、冷めきった味噌汁だろうが焼魚だろうが、自分のための食事が自分ひとりで喰え、寝たいときに寝て本も読め、好きな俳句や詩を作る暇も充分にあった。

三十三年〈月日は不明確であるが日蝕の日だった〉肺結核の診断を受けると、中河原病院へ、新宿西口の焼鳥酒場ボルガの店主、高島茂に付き添われて入院し、療養生活が始まった。もともと、それほどの重症ではなかったのだろう。一年余で健康を取り戻し、無菌状態となり、病院から退院の許しが出ていたのである。退院許可、私たちなら跳び上がって喜ぶ筈の待ちに待つ慶事が、鏡太郎には再び生地獄へ送り返される閻魔の宣告となった。多くの結核医療保護患者が、空きベッドを待つ現状を知って、鏡太郎は安静度一という重症患者の痰を盗む以外に方法がなかった。

しかし、そんな悲惨な療養生活ばかりが続いたわけでもなく、女子病棟に鏡太郎よりやや年上の患者がいて、しきりと彼に創価学会へ入信を勧めたが、当り前のことながらやがて手に負えぬ男と諦めた。それだけではない、彼女の母性本能を目覚めさすような面を鏡太郎に見ると、果物や菓子などを分け与え、釣竿一式まで買い求めて近くの多摩川へ鏡太郎を遊びに出す。休日に見舞いがてらやってくるボルガの主人や友人たちに、それを鼻高々と自慢したという。三度の食事、清潔なベッド、読み書きのできる病院生活の天国からいつ見離されるかという苦痛とは別に、意外な愉しみも鏡太郎にあったのである。

そういえば、中河原病院を退院し、再びボルガ通いが始まったころから、鏡太郎の身辺にちらつく女性がいた。片足をひく三十歳近い、目立つ化粧もしない人だったが、後に夜の女であると私にもわかった。鏡太郎と親しい友人から借りた金で抱いた女としても、それほどしばしば会えるわけはない。金で軀《からだ》を売るだけの男にはないものを、彼女は鏡太郎から知って、進んで女から近づいてくる、鏡太郎もボルガに集まる女客と異なった親近感から、女の軀のあいている夜など、ひそかな逢う瀬を楽しんでいたのではないだろうか。後に出てくる緑風荘へ、時折彼女も泊まっている。細君が残していった鍋や皿で、鏡太郎と二人の食事をつくる姿を想像すると、私までが胸のあたたまる思いがした。そして鏡太郎の死後、彼女は二度とボルガに姿を見せなくなった。

ボルガには焼酎の客に出す益子、小石原、小鹿田、苗代川焼などの茶碗があり、二杯で約一合三、四勺の量になろうか、高島茂の友情から一ト晩二杯、鏡太郎に無料の焼酎が与えられ、店主はじめ店の若い衆たちの夜食がそれとなく運ばれて、客の誰知らぬ間に一日の空腹を満たせる仕掛けになっていたが、鏡太郎はその半分を翌日の食事に残し、ビニール袋に詰めて持ち帰る習慣になっている。店主がそれ以上の甘ったれを許さなかったのは、量を越した酒の乱れを知悉していたからであるが、鏡太郎はその厚意に耐える判断力すら失っていた。

おしきせの二杯を飲み終わると、カウンターの止まり木に肘を張り、一種あたりを睥睨するような表情を示し、にわかに態度が豹変する。空ラの茶碗を持ちフラフラと起ち上がり、ところかまわず空いた客席に割りこむと、それが一面識もない相手であっても酒をつがせはじめるのである。もの乞いの姿などいささかもなく、いつの間にか相手を自分のペースに巻きこんでしまうのだが、不思議なことに喜んで鏡太郎の茶碗に酒をつぎ、わざわざ生ビールなど彼のために注文する客もいた。それは鏡太郎の風貌から受ける好もしい印象とでもいうか、色が白く小柄で、団子ッ鼻にちかい酒焼けした鼻、そうして長髪から覗く目には形容しがたい澄んだ美しさがあった。

アテネフランセで学んだというから、出鱈目ではないだろうが、時折、妙なフランス語を口にして、女の一人客の傍へ寄って行く。話がどうはずんだのか、やがて肩を叩きあい握手をし、たのしそうな笑い声が聞けることもある。

鏡太郎の奇行の噂がつぎつぎと耳に入るが、どういうわけか私は目に余るほどの彼の行動をあまり見ていない。

ボルガは十一時で客止め、三十分後には全部の客に出てもらう規定であったが、その最後の幕で摑まった男がいる。なんとなく一緒に外へ出ると、自分も飲み足りなかったのだろう、鏡太郎を誘い、近くのまだ店を開けているラーメン屋の暖簾をくぐると、焼酎になり、ラーメンを啜った。男はそこで鏡太郎と別れるつもりだったが、鏡太郎は蛭になって離れず、今夜は君の家へ泊まるといってきかない。ボルガでの顔見知りにすぎない鏡太郎を、細君や子供たちの待っている家庭へ連れていくのは迷惑だったろうが、そんな相手の気持ちを斟酌する鏡太郎ではなく、有無をいわせず、その男の家へ押しかけて行った。

垢だらけのボロシャツ、よれよれに破れた服、傍若無人な酔客に細君が顔をしかめたのは当り前であったが、翌朝目を覚まし朝食を共にしたあと、

「君は会社だろう。ぼくは残って少し仕事をさしてもらうよ。原稿用紙ない？　そんなら便箋でもいいよ」

そのまま居坐ったという説と、出勤時を遅れて、やっと外へ連れ出したという二説があったが、どちらがほんとうか私は真相を知らない。

またこんな話もある。郊外に住む知人を日曜日の昼ごろから訪ねた鏡太郎は、夕飯前にスッと姿を消し、やがて暗くなって戻って来た。腰から下を泥水だらけにして、玄関に棒立ちになると、

「近くに田んぼがあるのを見ておいたから、今夜はひとつ泥鰌《どじょう》鍋と洒落こむつもりだったが、農薬のせいか一匹もいなかったよ……」

そう呟くと、ポケットから蛙を二、三匹摑み出し、三和土《たたき》に抛りだす。普通の人間なら、誤って田んぼに落ちこんだとしても、台所口へ廻り、自分で靴ズボンを脱ぎ、バケツを借りて洗うのが常識だろうが、あと始末はすべて友人の細君にさせ、ズボンを借りて悠々と酒を飲んで、濡れたものを風呂敷に包ませると、終電ぎりぎりに帰ったという。

話半分と聞いていた私も、次のような池上浩山人の話から、はじめて鏡太郎の異状な精神状態を知ったといっていい。

「この間、高橋鏡太郎さんが突然見えて、しばらく話してゆきましたが、あの人少しおかしいのではありませんか。お酒の好きな噂は聞いているので、家内に買いにやらせようとしますと、酒なら持参しているというのです」

鏡太郎は風呂敷から四合壜《びん》を出すと、お膳の上に置き、細君にコップを二つ貸してくださいと言う。

「それが、その焼酎らしいものの中に、醤油の沁みこんだご飯粒が混っているのです。もちろん一滴の酒も飲まない私は、黙って鏡太郎さんの飲むのを眺めているだけでしたが……」

背筋の寒くなるおもいで聞いていた。強引な泊まりこみの話も、蛙の話も、実は耳にしながらそれほどの実感がなく、口から耳へ次第に大袈裟に伝わっていく、よくある噂話として聞き流していた私も、ご飯粒の沈んだ焼酎には、薄気味悪い実感があり、これは拙いと思った。醬油の沁みたご飯粒の焼酎とは、寿司屋、おでん屋あたりで客の飲み残した酒を、常に持ち歩いている空壜へ注ぎ廻ったものに違いなく、酒を飲まぬ浩山人が焼酎ときめていたのは、よその食べもの屋で掠めた酒も加えられていたのだろう。ギターを肩に、異様な風体の男が客の飲み残しを集める姿を、店主や店の者たちがどんな目で見ていたか、どういう扱いを受けたか、むろん彼を誘った知友の立場を想像せずにはいられなかった。

私はボルガで、そっと尋ねた。

「方々で妙な噂を聞くが、鏡さんは、あたしがここで見ているような程度ではないんじゃないの……」

「いえ、心配いりませんよ。当人はちゃんと分っているんです」

当人は分っている——その意味を解しかねたが、高島茂にそう言われては返す言葉が私にはなかった。

そういえば、ボルガの客の間を縫い歩きながら、私のテーブルや止まり木には近寄らなかった。かといってわざと避ける様子もなく、茶碗を片手によろよろと近づいてくると、やさしい笑顔を向けて、

「桂郎さん、元気らしいね」

と声をかけ、また客の席へ去っていく。

ボルガがまだ西口の国鉄線路際にあったころは、二人でよく飲んで歩いた。焼酎に飽きると、ボルガの二、三軒先に琉球の人が営む志多伯があって、アシテビチと称する豚の蹄肉を肴に泡盛を飲み泥酔しては、十二時二十分終電の小田急で別れた。

ある夜、鏡太郎が、

「いまリルケ論を書いている。まだ百四、五十枚にしかならないが、連載のかたちであんたの雑誌へ載せないか？」

と言いだした。当時「俳句研究」の編集者だった私は、

「詩論なら結構だからもらいたいが、鏡さんも知ってのとおり、原稿料は無理に都合しても三か月は先になるが、それでもいいかい」

「いや、稿料なんか当てにしていないよ。これは自信作だし、活字になる励みで千枚

をはるかに越すものになるかもしれない。ただ、途中で中止という奴を喰うのだけは困る、それを約束してくれるかい?」

けれども、リルケ論はいっこうに送って来ず、私も一、二度催促したが、気に入らぬ箇所があって、いま推敲中だからもう少し待ってくれという返事だけに終わった。

『高橋鏡太郎の俳句』の年譜を見ると、昭和二十三年、安住敦、石川桂郎、加倉井秋を、志摩芳次郎諸氏と「諷詠派」を結成、編集同人となる、とあるが、私は諷詠派に属した覚えはない。いや、志摩芳次郎に入会を勧められ、上記の諸氏に紹介するといわれ、いまはっきりと記憶しないが、御茶ノ水駅あたりの喫茶店へ足を運んだことがあるだけだ。

ある日、私は不意に思いたって、青山の旧歩兵三連隊兵舎跡の鏡太郎が命名した緑風荘を訪ねた。床板に茣蓙《ござ》を敷き、四畳半くらいの部屋だったろうか、家具らしい家具は何一つなかった。いそいそと迎えてくれた細君が、鏡太郎と話している間に姿を消した。美人というより可憐な、いかにも恋女房といった人柄だったと記憶している。十分か十五分ほど経ってから、一升罎に半分ほどの酒と、なにやら紙包みを提げて帰ってきた。薬罐《やかん》のかかっていた七輪を廊下に出し、干物を焼く匂いがする。私には連隊長屋の知りあいを廻って集めた配給酒と読めたし、干物もそのころよく配給を受けた棒鱈であったが、精いっぱいのもてなしの嬉しさに、私はかえって礼らしい言葉が口を突いて出なかった。そして後にも先にも、鏡太郎の細君に会ったのはこのとき一度だけだった。

そのころのボルガには、よく俳人が集まり、仲間同士あり、呉越同舟ありといった具合でテーブルを、止まり木をそれぞれ占める。常連の一人に山の雑誌「岳人」編集者の高須茂がいて、私たちはよく顔を合わせた。高須が止まり木にいる。隣に空席があれば坐るが二、三人隔てたところにいても「来たか」といった彼の表情を見ると、一緒に飲んでいるような気分になる不思議な男だ。高須は酒、私はチュー・フィズ〈焼酎に炭酸水を加え、レモンを絞ったもの〉をもっぱら愛用した。

高橋鏡太郎が、風船を買物籠に結び子供連れで現われようと、外套の胸に匿した鳩を飛ばして手妻師の真似をしようと、ボルガの中で振り向きもしない男が一人いたとしたら、それは高須茂のほかにはあるまい。私は鏡太郎の奇矯の数々を聞き、読みもしているが、幸か不幸か、そういう場面には一度も出会っていない。ただ、細君を銀座あたりのバーへ勤めさしていると聞いたとき、それとなく話しかけた。

「鶴川へ一度遊びに来てくれよ。疎開者の悲しさで、農家の人たちとはいまだにまっとうなつきあいはしてもらえないが、酒屋の付けだけは利くようになってね、鏡さんと思いっきり飲みたいんだ」

「近く必ず行くよ、酒もいいけど農村の俳句を作りたいなァ……」

私の友人に、やはり細君をバーへ勤めさせているうちに男ができ、やけ酒、栄養失調、当然のように肺をやられ、あげくが自殺に追いやられたのがいて実例を見ているからだ。派出婦でも、そば屋の丼洗いでもいい、堅気の仕事に代えるよう話合ってみたかった。が、そんな思いも帰りの小田急の中で、いまさら私などお節介をやく資格なしと後悔しはじめる、口先の忠告くらいで片のつく事態だったら、高島茂が説得し解決ずみなはずだった。

当時、電波管理庁の課長だった「諷詠派」の仲間の一人、岸風三楼の役所を鏡太郎がよく襲っていた。子供連れのこともあり単身の時もあるが、課長の前の客用の椅子にでんと坐り、大声で長時間しゃべりまくるのだ。部下は大事な客と思うから丁重に茶を汲んで引きさがる。

「若葉」の編集をしている風三楼に、原稿を書かせろと迫るのが目的らしい。「天の夕顔」という匿名の一頁欄があって稿料が得られるからであり、匿名ならいくどでも書けると当人は言うが、風三楼は自分の仕事が手につかず、早く帰したいので承諾すると、原稿用紙、鉛筆を要求して目の前で書き出す。風三楼のタバコを喫い尽くすと、やおら椅子を起ち部下の机の灰皿から吸い殻を拾い歩く。二枚五百円の稿料もその場で請求して帰っていく。

たまりかねた風三楼は、あるとき彼を外へ連れ出し、喫茶店に誘うと、それとなく反省をうながしたが、鏡太郎は昂然と胸をはって「君の余計な忠告なぞ一片のパンに如かず」と豪語する。

私は小田急の中で、その話も思い出していた。一片のパンに如かず——か、部下の灰皿を漁るときは狂気、喫茶店では正気になるのか、風三楼は鏡太郎に正面きってパンを持ち出されたとき、返す言葉がなかったと、いかにも彼らしい謙虚な様子で話した。

間もなく細君も一人ッ子の真を連れて、鏡太郎のもとを去っていった。

俳句の唯一の寄りどころとしていた「春燈」では久保田万太郎にそっぽを向かれ、「春燈」への執筆禁止という、事実上の除名処分をうけた。師万太郎の留守中、鎌倉の屋敷へ乗りこみ夫人から頂いた酒に酔い痴れると、さんざんごたくを並べて帰ったのを、久保田万太郎はむろん安住敦の激怒をかったからである。

半月ほど旅をした帰り、小型のリュックを肩に私は久しぶりにボルガへ寄った。そして鏡太郎が数日意識不明だったほどの怪我をして入院していると、同じテーブルの俳人から聞いた私はレジにいる高島茂に怪我の様子を尋ねた。

「いえ、もう退院して家に帰っていますし、繃帯《ほうたい》が取れれば鏡さんのことです、明日にも現われますよ……」

「病院にいるうちはいいが、家に帰って一人でどうしてたんだろう。あんたがついていてくれるから余計なことのようだが」

「それが、例のお婆さんが付き添って、何から何まで世話をしています。鏡さんの酔狂も、こんどは、笑ってばかりもいられない気がしますよ……」

新宿西口から表口へくぐる、列車の小便でも浴びそうな地下道を読者もご存知とおもう。そうしてその、昼もうす暗い道の中ほどに、筵《むしろ》を敷き、破れ三味線を掻き鳴らしながら、イタコの口寄せめいた歌をうたう七十すぎた乞食婆さんのいたことも記憶されていよう。どういうきっかけで親しくなったのか、一緒に暮らす話がついたか、自分一人の口も満足に養えない鏡太郎が、その婆さんを引き取ったという。婆さんに行水を使わせ、着ているものに熱湯をそそいで、まず虱《しらみ》退治して――などと、さも見てきたような話をする男もいたが、飼い殺しにしたモルモットに分けていた食べものを、こんどはお婆さんと二人で分けあっている姿を思うと、高島茂の言うとおり笑ってすませぬ話だった。怪我は自動車事故とも、新宿あたりのやくざから受けたものともいうが、数日意識不明といった重傷を喧嘩で負うほど鏡太郎は向う気の強い男ではなく、私はやはり、凶悪な車のひき逃げに遭ったものと考えたい。

昭和三十七年五月三日、その夜は珍しく少量の焼酎を飲み、彼は閉店を待たずにボルガを出ていった。疲れて緑風荘へ帰りたかったのか、しかし気が変わって、彼がいつもギターを預けている信濃町から権田原寄りに出る屋台のおでん屋に立ち寄ると、ここでは酒を飲み、涼みがてらギターをかかえて国電の線路を見降ろす崖っぷちに寝ころんだ。そこはかなりの斜面なので、酔っている時にはけっしていくなと、常々高島茂が注意している場所だったが、気持がいいからよく寝るんだと彼は耳をかさなかった。

鏡太郎は、起ちあがろうとしたはずみにか、十五、六メートル下の崖下に転落し、翌朝四時、牛乳配達の青年に発見されて、四谷三丁目の伴病院へ救急車で運ばれた。医師は、重傷の証である耳からの出血を見たという。

高島茂は翌日急を知って四ッ谷の伴病院に駆けつけた。ボルガの飲み仲間も次々と見舞ったが、意識不明に等しく、落ちたのは不覚だった、酒が飲みたいなどと口走ったりした。

不死身の鏡さん――といわれた彼も六月二十二日、折悪しく友達ひとりいないベッドで四十九歳の生涯をとじた。

「夢よもう一度、もう一度いいことないかなァ……」

看護婦が聞いたとも、たまたまいあわせた友人の一人にうわ言のように呟いたとも耳にしたが、それが遺言になったという。

悲報を知って、高島茂ほか数人の俳句仲間飲み仲間が病院へとんだが、すでに鏡太郎の柩は火葬場へ送られ、落合、堀ノ内、と探したが、どこにも該当する遺体が見当たらない、そうして最後に氏名不詳の柩を幡ヶ谷火葬場で見つけたのである。その日が友引きでなかったら、誰一人鏡太郎の遺骸に会えず、無縁墓地に葬られていただろう。高島茂夫妻、安住敦、山岸外史、金子辿、吉田魚眼、山本浩三といった人たちが集まり、柩には外史が高橋鏡太郎の名を大書し、高島茂は故人の愛用した茶碗に焼酎をつぎ、悲しみのうちにも遺体に会えたホッとする思いで火葬にふした。私は鏡太郎逝去の電話をもらったが、火葬場が不明と聞きボルガでよく会う、鏡太郎と親しいねじめ正也ほか二、三に電話したが遂に分らずじまいだった。

虹のせて雲海かしぐ寂けさよ
夜霧濃し看護婦ゆきて白のこる
冬芽摘む荒びしこころいまか知る
岩てらひ鶲《ひたき》の影をあたためて
碧潭のいざなふ雪のためらはず
長野原駅附近

雪の来て白樺黄葉はなやげり
サルビアの朱ケちりばめて根雪となる
はげしかるものに雪間の木馬曳き
風花や嫣恋村ときくだにも
抒情涸れしかと春水に翳うつす
踏みし土筆立ち直らんとするを見つ
沖暗く渚かがやき春驟雨
ピエタのごと擁かれむ日かも野茨咲く
唇をつく詩とどむべし梅雨の玻璃
ねじあやめ女車掌も挿すべきを
モオツァルト青田のはての楽となる
尻に注射搏たれる汗の身がかなし
浅間嶺の裾曲の楽か老鶯は
　リルケ評伝千二百枚脱稿、合浦海岸にて
はまなすは棘やはらかし砂に匍ひ

あえて晩年の作品を抽出したが、これらの句のどこに高橋鏡太郎の狂気があろうか、それはもう、私の見た限りでもボルガにおける奇行、留守中の師を訪ねての無礼、挙げていけば数限りない背信行為もあったろうが、私はそうした正気と狂気の間に、愕然として詩人の誇りを取り戻す瞬間が、いくたびかあったものと信じたい。蛸《たこ》は自分の脚を喰っても生きるという喩え話がある。鏡太郎は人の飲みもの、食事をとって、いや友情まで蝕んで自分の生にしがみついたといえるが、われながらそういう生き方の辛さに舌を嚙み切りたい思いをしたこともあっただろう。

中河原病院から退院を命じられたとき、重症患者の痰を盗んだ話は前述のとおりだが、まさか痰を飲むまで狂ってはいまいという者がいる。私もその時は半信半疑だったが、しばらく酒から遠ざかって精神状態《てい》も平静にちかかった彼が、退院すれば元の木阿弥、ふたたび飲み食いの恩恵、体のいいたかりの生活に帰る厭世観に落ちいらなかったと誰がいえるだろうか。

六月二十二日には、毎年ボルガで鏡太郎忌が行なわれる。店内に半紙大の貼り紙をするだけで、招待の通知などいっさい出さないから、忘れている者、都合のつかぬ友人は出席しない結果になるが、参加者は、かなり広い二階いっぱい集まる。写真を飾り、供華を添え、焼酎の茶碗を置く。

けれども集まる人たちの間に、生前、鏡太郎と親しかった者はほんのわずかで、見知らぬ顔や若い男女の学生がほとんどである。しかし額に納められた写真の鏡太郎は微笑を浮かべ、

「ボンソワール・マドモァゼル・エ・ムッシュ、ひとつギターでも弾いてやるか……」

そんなふうに呼びかけているように見える。

年譜の三十一年に、鏡太郎は山岸外史と共に武林無想庵を訪ねる、とあるがおもしろい対面である。文芸評論家の河上徹太郎は、山岸外史を武林無想庵風を継ぐ最後の作家と言っているし、やや小者ながら鏡太郎の風狂ぶりは山岸外史に似ている。三人の鼎談がもし記録に残っていたら、すさまじい記事になったであろう。

『高橋鏡太郎の俳句』の巻末に、

筍生えたか鶴川村いつ訪はんか

の一句がある。実は私との約束を忘れず、鶴川村のわが家を訪ねてくれたのだ。前もってなんの通告もなしに飄然と現われたので、あいにく私はその日留守だったし、家族もいなかったらしく、鏡太郎は近くの農家を二、三軒訪ねて縁側に坐りこみ、お茶など飲みながら話をしていったと、あとで農家の老婆から聞かされた。

「あの旦那はどういう人かね、いろんなことを聞かれてのう、お婆さん長生きしてくれなんて、やさしい、いい旦那だった」

詩人といっても分ってくれそうもないので、

「画をかく人なんです。描けばお金になるのに、気が向かないといっこうに仕事をしない、だから貧乏しているけど平気でね」

「奥さんも子供衆もいるだべえに、もったいねえのう」

「そう、ほんとうにもったいない……」

名物の禅寺丸が熟するには早い、初秋のことだったと憶えている。

此君亭奇録――伊庭心猿

伊庭《いば》心猿《しんえん》といえばわれわれ交遊のあった者には、すぐ永井荷風の小説『来訪者』が思いうかぶ。その登場人物のひとり木場が心猿である。荷風の原稿、書簡、色紙、短冊などを偽筆して秘かに売り捌いていたことが知れ、偏奇館への出入りを差しとめられた、簡単にいえばそういう小説だ。

江戸ッ子の十二代目と自賛していた心猿は向島に育ち、富田木歩を俳句の師とし、はじめ俳号を芥子、のちに明治四十一年節分申年生まれであるところから心猿と改めた。本名は猪場《いば》毅《たけし》、父は暘谷という篆刻家で大正九年春陽堂刊行『荷風全集』表紙の題簽《だいせん》を揮毫した人だ。心猿は昭和八年、二十四、五歳ごろ、和歌山市四番町にいたことがある。私の聞きちがいでなければ、佐藤春夫の依頼を受けて、なにか調べものをするための移住だったという。この地で彼は「南紀芸術」を編集、その第九号を荷風に贈呈し、最初の手紙を送っている。

〈前略〉先生の御著作は小生の愛読して措かさるところ、いま敬慕してやまさる先生の尺牘《せきとく》に接し偏に地下の先人が鴻恩を謝し、万感交々《こもごも》に御坐候。

贈呈した雑誌の礼状には、上京の機会があったら麻布市兵衛町の偏奇館へ遊びにくるように、とあってこれが荷風と親しくするきっかけとなった。

荷風の『断腸亭日乗』昭和十三年十一月五日の項に、

十一月五日。晴。晡下《ほか》猪場毅平井程一の二子来話。共に浅草今半に往きて晩餐を喫す。一同オペラ館を立見す。伝法院裏玉木座隣に開店せし珈琲店に入り款語《かんご》す〈後略〉

とでているから、その後和歌山から上京した心猿は、早速偏奇館に荷風を訪ねたものと思われる。やがて彼は、難解な文字の調べまで荷風に依頼されるようになったのであるから、相当な信頼を受けていたようだ。

『断腸亭尺牘』の中から面白いものを一つ挙げてみよう。

拝呈陳者《のぶれば》昨年大晦日より元日迄《まで》御蔭様にて未曽《いまだかつ》て知らざる愉快の日を送申候

濹東《ぼくとう》にて御別致候後あの家にて正午過迄熟睡但シここにては初乗はなし帰途にて又もや旧識の女に逢い無理やり其の家に連込まれ目出度《めでたく》初乗相済申候屠蘇もここにて飲候浅草へは立寄不申四時頃帰宅致候その中またまた出掛度《た》きものと存居候扨《さても》本年は時勢も益々よろしからぬ様被存候につきいかに暮シ申候哉小説よりは考証物の方無事と存候得共一向に感興無之候倉田百三の党人菊池を密告致候由手紙にて申来候友人有り兎も角不快なる世の中に候其中又も御面晤《めんご》楽しみに致居候

卯正月一日

永井荷風拝

猪場行

平井程　両君

この大晦日から元日までの西新井大師の初詣、浅草、玉の井などの風景描写は『断腸亭日乗』昭和十三年に詳しくでている。宛名の平井程一は、うさぎ最中、喜作せんべいで知られた上野黒門町電車通りの和菓子店うさぎや谷口喜作の実弟である。岩波文庫ラフカディオ・ヘルンの翻訳「東の国から」「心」「骨董」「怪談」等があり、昭和三十九年秋、全訳『小泉八雲全集』を刊行しているが、心猿と同じく偏奇館の出入りを許された一人であった。

ところが同年の十月初旬、西田利一なる人物から荷風宛に心猿を中傷する葉書が届いて、荷風は自分の原稿・短冊が偽筆されたうえ売買されていることを知った。心猿の友人平井にそのことを問い正すと、偽筆したのは平井自身、偽の落款を押したうえ〈彼は父親ゆずりで篆刻ができた〉売買したのは心猿とわかる。

偽筆したものは春本『四畳半襖の下張』、短篇小説『紫陽花』『日かげの花』『濹東綺譚』その他いろいろであった。春本『四畳半襖の下張』は、荷風全集編纂のため荷風の旧稿のすべてを袋ぐるみ渡された平井が、その中から見いだしたもので、襖紙様の表紙〈これは荷風が直接池上浩山人のもとに持参して、石州半紙四つ折版に和綴じ装丁を依頼、私蔵本としたもの〉上下二篇のうち、後篇が未発表であるのを知ると、長年荷風の手元にあって書体をすっかり学びとっている彼は、毛筆書き、朱筆入り原文のまま誤字の訂正まで明細に記した写しをつくり上げた。

これを後日、心猿が借り受け、心猿はまた偽筆の名人であったから、すぐさま書きうつして同様の偽筆本にした。同じものをいくつ作り上げたか不明だが、心猿は知友にこれを貸し出し、一部五円の貸し賃をとって歩いた。

昭和十五年ごろの五円といえば、十円で三流どころの待合い酒を飲み、女を抱き、お供〈帰りの自動車代〉ぐるみで済んだ時代である。貸し賃の五円がいかに高価なものか、春本『四畳半襖の下張』がどんなものか想像されるであろう。この偽筆春本は、当時古書店から百四、五拾円で売買されたほどであった。もっとも荷風の春本はこの一冊に限らず、いくつも書いていて、その一つを作曲家菅原明朗にみせたところ、春本としてのマンネリを指摘され「為永春水に敵わず」と、眼前で破棄した事実もある。

話を戻すが、心猿の偽筆本貸し出しがたった一度だけ儲けそこねたことがあった。それは、池上浩山人に貸し与えようとしたところ、前記のごとく浩山人は、すでに真筆のものを読んでいたから、さすがの心猿も金五円也を請求できなかった。

偽筆といえば『樋口一葉全集』六冊、『一葉に与えた諸家の書簡』一冊を心猿が編纂するにあたり、一葉の妹を訪ねた折、一葉の書き損じの和歌数葉をもらい受け、これまたただちに五七五七七を一葉そっくりの書体で書き足し、一首に復元すると、真筆と称し高価に売り捌いた。

書簡の偽筆を売るについて、荷風から心猿宛の封書を勝手に作り上げ、局の消印を工作するために、わざわざ麻布偏奇館近くのポストから投函するといった念の入れようであった。売った偽の書簡が、まわりまわってある篤志家の手に渡り、家宝とすべきほどのものを手離すべきではない、と心猿に送り届けてくれた。心猿はそれが自分の偽筆であるのを知って大いに苦笑したという。

心猿も平井も偽筆の件では「油断のならぬ世の中なり」とまで荷風に書かれているが、それで偏奇館のお出入り差し止めになったわけではなく、出版社等の交渉は相変わらず二人に任せ、その後も往き来がつづいていた。しかし、昭和十五年七月七日、伊庭心猿に任せた改訂『下谷叢話』の出版のことで、版権横領の悪だくみときめつけた荷風は、弁護士の意見を求めたうえ、ついに心猿宛絶交状を出した。

戦後私は、市川の俳句会で伊庭心猿と初めて会い、彼が細君と営んでいた真間の手児奈堂境内の葛飾屋ものぞいている。

石菖や二人くらしの小商ひ　荷風

この句は、開店した葛飾屋玩具店を祝って荷風が贈ったもの、絶交を言い渡される五か月ほど前のことであった。しかし、この軸物も結局谷崎潤一郎に高価に売ってしまった。ただ売るときに、友達から「君が持って行ったんでは、また偽筆と思われるから、誰か適当な人に頼んだ方がよい」と、そこまで心猿の偽筆が知れ渡っていたのである。

葛飾屋は、戦後も玩具を売っていたかどうか、店の隅に凧《たこ》・独楽《こま》・めんこなどがわずかに残っていた記憶もある。店先の左側が小庭になっていて、十数本の矢竹が植えられ、右側の横木戸に藤棚があったように覚えている。細君は高島屋百貨店の元女店員、いわゆる小股の切れ上がった粋な美人だった。

ある晩、他の顔ぶれははっきりしないが、新宿の薄暗い喫茶店で、酒のあとの喉をうるおしている間に、心猿の外套が盗まれた。彼は泣き声を立てんばかりになって、外套なしでは家に帰れない、女房にどんな疑いをかけられるかわからない、と言うので、私は自分の外套をぬいで彼にやると鶴川の家に戻った。

一、二か月して、ひょっこり私の家に現われた心猿は、提げてきた風呂敷を解き、新聞紙に包んだものを置くと、

「この外套助かりましたよ。お礼というほどのものではありませんが、朱塗りのお膳

で徳利を一本、たたみいわしくらいで一杯やるには恰好の品だし、どうやら徳川の御三家あたりから出たもののようです……」

そう言いながら部屋の中を見廻した心猿は驚いた様子であった。もともと疎開荷物の運び場として建てた六畳・四畳半は天井・襖障子一枚なく、丸太造りの掘っ立て小屋だから、隙間風はひゅうひゅう吹き込む、家人も留守で買い置きの酒もなく、火鉢の中に残った炭火を搔き立てて二人で手をかざし、少時話し合ったが私はどうにも侘しくてならない。彼を誘って外へ出ると、畦道を渡り細い農道の続く櫟《くぬぎ》林の丘越えに駅へむかった。私は一緒に歩いている彼が、私の外套を着ているのを見て嬉しかった。女房がどうのこうのと騒ぎ立てて持って行ったが、外套はどうせ売りとばすかどうかされていたものと思っていた。

「気前よくあたしに外套をくれたけど、あんたは、あとどうなるかと心配していたら、いま壁に外套の下がっているのを見たんで……」

「あれは満州から引き揚げてきて終戦間際に病死した弟の形見なんだ、あれがあるからあんたに上げたのさ」

駅前の酒屋に誘い、当時まだ大っぴらに店先で酒の飲める時代ではなかったから、裏口に向かった奥の上がり框《かまち》でコップ酒を乞い、そこで別れた。

心猿の置いていったお膳は、新聞紙にくるまれたまま蔵《しま》い忘れていたが、半年くらい後に俳句仲間が訪ねてきた時、ふと思い出して取り出し、御三家出という話をした。塩辛の小皿と盃ふたつ、お銚子をのせるのには丁度手ごろのお膳だった。ところが、しげしげとお膳を眺めていた友達がにわかに笑いだした。

「なにが御三家だ、君も物持ちがいいね……」

「物持ちがいいってなんだ」

「だって、これはお食い初めのお膳じゃないか、なるほど、なんの葉っぱか三つ描いてあるが葵じゃない」

外套のいきさつを話し、伊庭心猿からもらったものだと言うと、俳句仲間は、いかにも心猿のやりそうな手口だといって、今度は二人で笑い合った。

目黒書店がつぶれ、俳句研究社だけが東京駅八重州口通りの近くで、細々と刊行を続けていた。会計からは一向に原稿料も出ず、われわれの給料も遅配がちだった。そういう俳句研究社は、当時俳壇の老大家はいっさい執筆してくれず、だから俳句ももらえぬ仕末だった。たとえば平畑静塔に原稿を依頼すると、君の苦しい立場もよくわかるが、しかし「俳句研究」は営利業でしょう、一銭の原稿料も払わぬというのは人を馬鹿にした話だから、額は問わないにしても一枚最低の稿料は払うべきです。そういう私にとって温かい言葉があり、執筆してもらったこともあるし、柴田宵曲、池上浩山人、田川飛旅子その他の人々にもさんざん迷惑をかけながら、ともかく、私の在職中は無事に「俳句研究」を刊行することができた。

そのころ、文章は高須茂が、例句は心猿が挙げて「東京歳時記」を連載した。第一回の原稿を心猿が持ってきたとき、なんとかして払いたいと思うが、正直いって三月先になるか、半年先になるかわからないので、その点勘弁してもらえるか、と言うと心猿は、君のところの稿料なんか始めっから当てにしていないよ、そう言って帰った。

けれども「東京歳時記」が掲載されると間もなく、心猿からしきりと電話がかかってくる。ひけ目のある私は、稿料の催促かと胸を冷やすが、心猿の電話にはいっこうにそんな気配がない。あとでわかったことだが、私の不在を探る電話だったのである。

原稿をもらいに駆けずりまわって社に戻ると、留守に心猿が訪れてきて、会計の棚橋勝子に、

「ここの社のとりつけの酒屋がありますか」

「ございますが、どういうご用事でしょうか」

「別に用事というほどのことはないが、コップ酒を一杯引っかけて帰りたいだけです……」

そう答えて近くの酒屋へ寄ったらしいという。翌日、酒屋の店員が請求書を持って、特級酒三本の代金をとりにきた、つまり、まんまとしてやられたのである。しかも当然半分は高須茂にわたるはずなのであるが、三本ともせしめたことがあとになってわかった。

その後にも『市場』、魚市場から始まって、やっちゃ場、酉の市などを書いた高須茂の原稿を、伊庭心猿著として刊行するから、ついでに後記も高須が書き文中でほめてくれと持ちかけたそうだ。『市場』は出版されたかどうか聞き洩らしたけれども、自分の執筆したものを平然と心猿に譲る高須、それをぬけぬけと自分の著作にしようとする心猿、二人の性格が面目躍如として面白いと思った。稿料の代わりに酒を持ち去られたことでも、それでいいんだ、と思うようなほっとしたものが私の胸に残り、心猿をうらむ心持など少しもなかった、そういう人柄が彼にあったのである。

高橋鏡太郎と同じように、心猿も新宿酒場のボルガへ通っていた。彼の句集『やかなぐさ』に次のようなボルガを詠んだ句が収録されている。

火の酒にペーチカおもふ夜頃かな

最初の二度三度はきちんと勘定を済ませていた心猿だったが、次第にこのつぎ払う、そのうち払う、という手段をとりはじめ、相当な借金をつくったようだ。同じような飲み方をしてきた私が、いまさら彼をあげつらうのもおかしな話だけれども、ある晩、例によってそのうち……と言いかけた途端、店主の高島茂にちょいまちを喰っている。今までの勘定はいっさい忘れましょう、ただし、この次からは今日の勘定ぐるみ、その日その日にいただきます――心猿はそのことを高須茂に「まさに技あり、ボルガのおやじに一本とられてきた、今までの勘定を棒引きと言われては、もう二度と銭を持たずにはあの店へ行けなくなった」とこぼしている。高島茂という男はもののけじめをはっきりする気骨があって、山岸外史などもその手を喰っていた一人である。

後文で伊庭心猿がすぐれた文筆家であったことを述べるが、江戸ッ子十二代目などという自賛にふさわしい滑稽談もある。神田の割烹料理屋江戸善へ高須に連れられていった心猿が、よせばいいのに聞きかじりの常磐津をうなりはじめた。器用な男だから私ならごまかされるところだろうが、折悪しくその場に神田の運動具店アルプス堂の主人が居合わせ、山岳家の高須はアルプス堂が常磐津の名取りであるのを知っていたから、はらはらしながらも唸るだけならと聞き流していた。ところが、酒の勢いを借りた心猿が常磐津について能書きを並べだしたのに閉口した高須が「アルプス堂がその道の玄人だから、その辺でやめとけ」と注意すると、心猿はいちどきに酔のさめた様子でしょげかえった。

今まで書いてきた心猿の行状は事実であるが、われわれ仲間はけっして彼を軽んじていたわけではない。猪場毅の業績として『樋口一葉全集』六冊、『一葉に与へた諸家の書簡』一冊、岩波の新村出『新辞苑』の追加増補の仕事、東京堂『世界文明辞典』の西洋篇、俳人伊庭心猿として句集『やかなぐさ』、豆本仕立の随筆集『絵入東京ごよみ』『絵入墨東今昔』等のすぐれた著書がある。中でも『墨東今昔』の「木歩の生涯」は、心猿の傑作の一つであると高須茂が賞讃している。

文庫版心猿句集『やかなぐさ』は昭和三十一年九月一日、葛飾俳話会印行として上梓された。見開きには『也哉艸』此君亭蔵版とあり、春夏秋冬別に句が配列されている。文中にとりあげた句以外の感銘句を書き抜いてみよう。

手児奈祠畔《てじなしはん》

かつしかは都の果やはたた神

蓴菜池《じゅんさい》

さめきらぬ酔ひに葛西の馬鹿ばやし

小庵

土筆摘む子に教はりし釣場かな

真間大黒天

風鈴に暮れてゐるなり肘まくら

竹頭居

還俗の尼のうはさや草の餅

遍覧亭

靴の紐むすぶ手もとに匂ふ菊

穿きかへて白足袋さむし萩の露地

新小岩
水見舞木槿に舟をつなぎけり

伊勢路
しぐるるや十年おなじ鳥羽の宿

銀座
クリスマス初老のめがね買ひにけり

蛇の新
煮凝や侘しきものに燗ざまし

金兵衛
湯豆腐やめつきりふけし志津太夫

ふかがは
いなづまや汐あげてゐる小名木川

富士見町
色町のあまりひそかや金魚売

旧居のあたり

蚊ばしらや吉原ちかき路地ずまひ

ブーケ

香水やすこし酔ひたる京言葉

あるとき

車いま梅雨の銀座をよぎりけり

三春屋

気がねなき身すぎよすぎや夏のれん

伝法院

林泉にきはまる照りや蝶ひとつ

山谷堀

かはほりや堀埋められて行きどまり

あるとき

軒の風あるかなきかに初《はつ》袷《あわせ》

六月二日

すぐ戻る日ぐせの空や光琳忌

天龍峡行

底冷や伊那のはたごの塩肴

伊香保

宿の膳はやすぎて秋の暑さかな

江戸川

鯊《はぜ》舟やゆふべさみしき身のまはり

小庵

そなふべき仏壇もなし萩のもち
ひなた雨をりをり在のけいこ笛

近況

くせとなる貧乏ゆすり天高し

あるとき

飯つぶをひらふ夜寒の畳かな
張板の吉原つなぎ秋暑し
初月や小銭にまじるたもとくそ

箱崎川

舟だまりなかにも秋刀魚焼く火かな

下総国分寺址

茶の花にほまち田つづく札所かな

あさくさ

あてもなく仲見世にきて日記買ふ

いまはむかし

二の替や雪の中洲の川げしき

伊井河合つれたつ雪のもあひ傘

夜を惜しむ閨《ねや》のあかりや川千鳥

朝酒や障子ほそめに女橋

昭和三十一年の冬、それまでにも幾度か病気をしているが、黄疸で国立国府台《こうのだい》病院に入院、酒を断たなければならぬ心猿が、市川の町や自宅へ帰っては酒を飲み、患者第一級脱柵者といわれるほど婦長以下看護婦、医者たちの間でも不評判な患者であった。黄疸から黒疸と悪化、さらに肝臓を癌に侵され、手遅れのまま自宅療養の日を送っていたが、入院以前からつづけていた新村出の平凡社刊『小百科辞典』の仕事に最後まで取り組んでいた。

国府台

病中

オルガンや枯木のなかの煉瓦館
そこはかと粉炭の匂ひ冬に入る
粉ぐすりをのめばむせぶや冬日向
つは蕗の一つ咲きたり毛布干す
藤の蔓のび呆けしをみつつ病む

死の五日前、「春燈」の片野久夫が心猿を見舞うと、すでに土気色の顔をし、痩せおとろえた心猿が、片野に「もし俺が死んだら、君の名でこの歌を発表してくれ」と言い、

いまは亡き伊庭心猿の家古りて表札はまだそのままなりき

の一首を示したという。生涯の災となった偽筆根性から、彼はついに抜けだすことができなかった。

昭和三十二年二月二十五日、五十一歳、病気の治癒を信じつつ永眠した。

旧臘《きゅうろう》二日、私は国電市川駅に降り、真間の手児奈堂境内の心猿居を訪れた。実は、記憶のうすれた心猿居を外からそれとなく見るつもりであったが、あたりの風景に昔の面影はまったく残っていない。木戸に蓼胡嘉与と小唄の師匠の看板が掲げられ、藤棚のある木戸から庭をのぞくと、濡縁の下に女の履物がみえた。思わず声をかけると内から心猿未亡人の応えがあった。招かれるまま座敷に通されいろいろと昔話になったが、未亡人は荷風との間の出来ごとなど詳しく知らず、俳句その他の遺稿があるはずだけれども、どこへしまい込んだか忘れてしまったという。

「昔、店の脇にあった竹がありませんね」

「枯れてしまいましたので、そのままになっております」

そのころの俳句に、

小庵

つげの実をこぼす鶲も来ずなりぬ
窓すぐにとなりの垣や吊しのぶ

矢竹花を生ず

色も香もなき庭ながら竹の花

愛猫を狸奴といふ

竹の子の狸奴の通ひ路ふさぎけり

等を思い出したからである。

「あの小庭は、そっくりそのまま、神楽坂の伊勢藤に写されています。伊勢藤の亡くなったおやじさんとご主人が親しくしていて、この店先の小庭が気に入り、真似て作ったという話を高須茂さんからききました」

そうして伊勢藤と前置した心猿の句を、心にうかべた。

風呂吹やあぶら障子のそとは雨

「ここの柱に、古い赤茶けた女の写真があって、心猿さんはおふくろの写真だといっていたそうですが、あれは樋口一葉の写真だそうですね」

これについて、未亡人は本当の母親の写真だと否定したが、私には、やはり高須茂の話の方が心猿らしいと思われた。

襖をへだてた隣座敷には、茶の間らしく炬燵《こたつ》がみえたが、おそらく私の通されたところで長唄や小唄の稽古をつけるのであろう、運んでくれた石油ストーブのほかは、柱にかけた短冊、床の間に立てた三味線二つ、それだけのがらんとした部屋で、未亡人のひとり暮らしの侘しさがしみじみと感じられた。朝日新聞社に勤めていた子息の猪場清彦は、愛児をのこして交通事故で死亡、一周忌をすぎたばかりであった。

「皆さんそう言って、何かしらお聞きに来られますが、書いたものを送ってくださる方はいません」

「書いたら必ずお送りします。しかし困ったな、褒めるより悪口になりそうなので……」

「どうせ悪いひとなんですから、いっこうかまいません……」

私が心猿の戒名をたずねると、わざわざ仏壇から取り出して、

「主人は亡くなる前に、自分の手で戒名をつくっておりました。お葬式を頼んだ住職は、主人の戒名をゆるさず、もっと長いのをつけてくれましたが、私は主人の意志どおりの戒名を位牌にしました」

春暁院文誉心猿居士　　享年五十一

がそれである。

行乞と水――種田山頭火

正直にいって、私には自由律俳句というものがよく解らない。俳句総合誌の編集をしていた時代、友人の自由律句を掲載した経験はあるが、編集室を訪ねてくる人に自由律の如何を問われると、長いのは無駄のように思うし、短い方はもったいない――と答えた。が自由律句は短いほどよい。二十二、三歳のころ、「ホトトギス」の俳人宮本正子に初めて俳句を教えられた私は、有季、定型になんの疑いもなく作句していたから、無季、自由律の勉強をする閑がなく今日に及んでいる。

こんど種田山頭火《たねださんとうか》を書くに当たって五、六冊の参考書を読んでいると、彼の言葉に、

古池や蛙とびこむ水の音

　　　　　　　　　　　　——蛙とびこむ水の音
　　　　　　　　　　　　——水の音
　　　　　　　　　　　　——音

があった。古池や蛙とびこむ水の音——から、音だけになる過程が私には興味深く面白かったし、自由律俳人の俳句の考え方がすこし解ったような気がする。

咳をしても一人　放哉

鉄鉢の中へも霰《あられ》　山頭火

の傑作にしても、初案はもうすこし多くの言葉が使われていたかも知れない。芭蕉の古池の句と比較する気はないが、定型と自由律は自ら選んだ道の相違というほかないように思われる。自由律俳人は自由律に苦しみ、われわれは十七字定型に骨身を削っているとしか答えられないのである。

種田正一〈山頭火〉は明治十五年十二月三日、山口県佐波郡防府《ほうふ》の宮市に生まれ、父竹治郎、母ふさ、四人兄弟姉妹の長男。種田家は近在稀れな庄屋で、敷地は八百余坪とそれほど広大とは思われぬが、三田尻駅まで他人の地所を踏まずに行けたというかなりの地主であった。草葺の母屋、土蔵、納屋を囲んで、樟《くすのき》、栴檀《せんだん》、榎《えのき》などの巨木が繁っていた。

竹治郎はいわゆるそとづらのよい男であるが、資財にものをいわせて女遊びの方もはげしかった。性磊落《らいらく》、金銭に恬淡《てんたん》なところから土地の人たちの尊敬をうけていたようで、政治に手を出し、政友会の後援者となったり、助役を務めたりしたという。つまり土地の名士であった。家憲に服従することを婦徳とした当時のふさがどのような苦労をしたか、舅姑と夫の間にはさまって孤閨にどれほど悩んだか、ついに三十三歳、庭の一隅にあった古井戸に入水自殺した。山頭火十一歳の時である。

納屋のあたりで芝居ごっこをして遊んでいた正一ほか四、五人の子供が異様な物音に古井戸へ駆け寄ったが、猫の子が落ちたのだと一度は追い払われた。が山頭火は紫色に変わり果てた母の骸にとりすがって泣いている。

明治二十九年四月、私立周陽学舎に入学、後に県下の名門校山口尋常中学に編入した。卒業後、私立東京専門学校高等予科〈早稲田大学の前身〉へ入学、大学部文学科では小川未明と同クラスであった。二年間大学に在籍したが神経衰弱のため退学している。おそらく送金も途絶えがちであったのだろう。

種田家は父竹治郎の放蕩が原因で、屋敷を放棄し、残った金で大道村の酒造場を買い取り父子で経営にあたるが、竹治郎は女、山頭火は酒びたり、家業に身が入らぬため二年にわたって酒を腐らすという始末だ。竹治郎は息子に嫁を持たせることで酒の縁を切らせようと、明治四十二年八月二十日、いやがる山頭火をむりやり承諾させて、佐波郡和田村高瀬の佐藤光之輔の長女サキノ、二十歳と結婚式を挙げさせる。

明治四十三年八月二日、長男健誕生。山頭火の酒癖はいっこうに改まらず大正五年三十五歳のとき種田家は破産、父は女と出奔、彼は文芸同人誌の仲間を頼って妻子と共に熊本に移る。市内下通りに額縁屋「雅楽多」を開業したものの彼の酒は相変わらず、ために店はサキノがひとりで切りまわすことになった。

熊本にいられなくなった彼は上京して、東京市役所の臨時職員、一ッ橋図書館などに勤めるが長続きしない。

大正七年七月、弟の二郎が養子先の山中で縊死、同九年十一月、サキノの実兄の強硬な手紙に同封した離婚届に捺印をせまられてこれに同意する。そして大正十二年の関東大震災に遇って彼は熊本に帰る。

東京から熊本に戻った山頭火は、ある日泥酔して熊本公会堂前を走る電車に立ちはだかると急停車させてしまった。自殺か酔狂かと多勢の野次馬が騒いでいると、見知らぬ男がとび込んできて彼を人垣から救い出し、千体仏で知られる報恩寺という禅寺へ案内してくれた。ここで出会った望月義庵和尚は、彼の過去にもこれからのことにも触れようとせず、ただにこやかに黙々と三度の食事を接待してくれた。この時、破れるものはみな破れ、落ちるところまで落ちた思いの山頭火の胸に、かすかな明かりがともされたにちがいない。過去幾度となく参禅し、「禅寺の坊主になるのだから嫁はもらわない」とまで縁談を拒みつづけたことのある彼のことだ。報恩寺の閑寂なたたずまいに身を置き、修証義や般若心経を唱えているうちに、自分のこれからの道がおぼろげながら見えだしたとしても、それは自然な成り行きであったろう。横のものを縦にもしない横着者の山頭火が、寒中素足で踵にアカギレを見せながら、一心に読誦し作務にはげむほどに変わったのである。

大正十四年二月、四十四歳。彼は熱心に願い出て、義庵和尚の手で得度式を受け、耕畝という法名をもらった。

翌年、和尚の世話で熊本からバスで四十分、肥後の片田舎にある報恩寺の末寺味取観音堂守となる。お勤めは朝夕の鐘をつくだけだが、五十一軒の檀家のお布施では食べていけないので托鉢にでる、そのほかはまったく気ままな生活で、村人たちは山頭火をひたすら有難がってくれた。

松風に明け暮れの鐘撞《つ》いて

たった一つ不足といえば水のないことだが、これも檀家が当番制で毎日手桶に二杯、高い石段を上がって山のお堂まで運んでくれた。だが彼は一年後に観音堂を出てしまった。思いきり酒の飲みたい彼は、村人の素朴な信頼感が逆に窮屈になったのだろうか。

もっとも山頭火の生涯をみていくと、酒よりむしろ水を求めて行乞《ぎょうこつ》したようにも思える。「淡如水」は彼のねがう究極の境地であったらしい。

へうへうとして水を味ふ

立ちどまると水音のする方へ道

ここには挙げなかったが、山頭火の水の句は他にもたくさんあり、その一句一句に、水を求め、脱酒の暮らしをねがう片鱗が示されているようだ。人は山頭火といえば酒、とするだろうが、彼は常に水音のする道を恋うていたのである。何気なく書き抜いた二句のうち前句について述べるなら、「へうへうとして」はおかしくはないか。自分ではない他を詠んだならすこしわかるが、自らを飄々とは肯《うなず》けない。句としては後の方が佳い。

別れを惜しむ人々を振り切ってお堂を去ると、その足で山頭火は義庵和尚を訪ね、永平寺で本格的な修行を積むつもりで、和尚に笠、法衣、袈裟、鉢、杖など雲水に必要な身仕度を整えてもらう。けれども「不許葷酒《くんしゅ》入山門」の永平寺にはどうしても足が向かないで、そのまま漂泊流転の旅へ出てしまった。

あの雲がおとした雨にぬれてゐる

大正十五年四月にはじまる行乞行脚の跡をたどってみると、熊本から浜町、馬見原、高千穂、ここで作ったという次の句がある。

分け入つても分け入つても青い山

今でこそ観光地化しているときくが、山頭火がたどった高千穂の嶺々は深く険しかったであろう。しかし、若いころすこしは山を歩いた私には、「青い山」がいつもあるという心強さ、安心感が忘れられない。したがって、この句を山頭火の作品の中で淋しく暗い句とする向きには肯けない、むしろ逆な意味にとれてならないのである。

ほろほろ酔うて木の葉ふる

五箇瀬川、日向とまわり、正月を広島で過ごし、山陽、山陰、四国を遍歴、昭和三年の正月を徳島、その後四国八十八か所を巡拝し放哉の墓参を済ませる。

放哉居士の作に和して

鴉《からす》啼《な》いてわたしも一人

前詞にあるごとく山頭火は、放哉を終生あこがれの先輩としていた「一人」であろうが、これでは「咳をしても一人」に及ぶべくもない。山頭火はほかにも一人を詠った句がたくさんあるけれども、すぐれた句はないようだ。

正月を再び広島で迎え、さらに山陽から九州、秋には阿蘇にたどりつき、この地で師荻原井泉水と会う。こうした山頭火の行乞遍歴は日記に詳しくのこされているが、十一月二十日、下関のボクチン〈木賃宿〉で所持していたのを焼却したため一部足跡が不明になっている。

焼捨てて日記の灰のこれだけか

山頭火の身に何が起きて日記を焼いてしまったのか、過去をいっさい放下する気だったのか、単に邪魔になったのか、そこのところは不明だが濁酒一合焼酎一合あおってその夜寝たことはたしかである。

放浪生活四度目の正月を久留米で迎え、八代、人吉、都城、宮崎、志布志、真鍋、延岡、竹田、日田、中津、八幡、門司、下関、福岡、大牟田などを行乞、その途中都城あたりではじめて病気らしきものをした。寝込まないで済んだものの思いがけぬ風邪の発熱に悩み、常々の頑健さへの自信が揺らぎ、やはり年齢を思わずにいられなかった。当然そこで考えられるのは、山頭火として一所定住のねがいであったろう。

涸れきった川を渡る

年の暮に熊本に戻ると彼は離婚した妻サキノを訪ねた。しかし、ぼろぼろの法衣に破れ笠、垢だらけの乞食坊主が訪れたとあっては近所の噂になるのは当り前、そのうえ、彼が正式に離婚した男だからなお肩身が狭い。もしこの時、山頭火が素面でサキノを訪ねていたら、あるいは……とも考えられるが、別れた妻を素面で訪ねられる彼ではない。たちまち口喧嘩となり、苦い思いでかつてのわが家をとび出した。

どうしようもないわたしが歩いてゐる

この句、ここに書き抜いてみたもののあまり感心しない。さてどうしようか、どう暮らすべきかという迷いの本音が句のあとにあって、右の句はその前ぶれ程度でしかないように思う。

彼は、友人の世話で熊本市内に二階借りし、いままでの自分の行乞姿を偽りと見、独居自炊のひっそりした明け暮れに身を置いてこそ、本物の修行があると信じはじめる。同時にガリ版刷りのパンフレット「三八九《さんばく》」を発行、その会費が酒、食になるが、居所を知った友人知人は、衣類その他必需品を届けてもいる。それは彼にとって一種のお布施になるのである。サキノの店にも繁々と足を運びながら、会うたびに不愉快な思いをし決定的な溝を知らされた。「三八九」も三号であとが続かない。

一杯やりたい夕焼空

この句こそ「青い山」の句と大ちがいに底知れぬさびしさがかくされている。「一杯やりたい」という無造作な言葉は、ただ夕焼空をみての酒欲り刻を詠っているようだが、私にはそうは思えぬ。酒を飲んだあとの酔態を彼自身知らぬ筈はないが、矢も楯もなく酒にありつきたいのである。山頭火ならずとも男にはそういうにがい酒があるのだ、俳句の表面を撫でまわしただけで明るい句とするわけにはいかない。山頭火はけっして巧い俳句をつくった人とは思えない。放哉が邪魔しているといえば済むが、それだけではないようだ。しかし、山頭火作品の中から佳い句を拾えといわれたら、私にはこの句も捨てがたい。彼の行乞を勝手とする人もあるだろうが、この句には行乞のむきだしがない。

熊本で五十一歳の正月を迎えることができない彼は、昭和六年十二月二十二日、一年振りで鉄鉢を持ち放浪の旅に出る。世間に融合できぬ自分をのろい「毎日赤字が続いた、もう明日一日の生命だ、乞食して存《なが》らえるか、舌を嚙んで地獄へ行くか……」と暗い気持で人の門口に立ち、ああ、まだ飲むだけの人生が残っている、とも思う。当然のようにこういう日はハジキ〈お布施を断わられる〉が多い。一鉢千家飯を地でゆく情ない行乞果である。

一月二日、六里歩いて豊前糸田の木村緑平居に落ちつく。この人は炭鉱医をしている「層雲」同人で、二人は同性愛かと仲間がからかうほど山頭火の面倒をみてくれた。旅先の手紙や日記が今日まで残っているのは、そのつど緑平居へ送り保管してもらっていたからである。

緑平居に二泊して去ったが行乞する気になれないで、日当たりのよい土手に寝そべって過ごし、一里ほど歩いて木賃宿に泊まる。

だまって今日の草鞋穿く

これもよい句だ。人と別れるに際していっそ冷たく、二度と振り向くような真似をしなかった山頭火の、後ろ姿の魅力を思い知らされた当時の仲間には、腹に沁みるような句であったかもしれない。

翌日、親しい友に別れて感傷的になっている山頭火は、やたら歩きまわり北海岸へ九里ほどの道をたどった。

長崎から多良、鹿島、廻里と歩き三月二十六日、佐世保の郵便局で書留便を受け取る。

十数通の郵便物の中に緑平からの十五円の送金があった。彼は日記に「肉縁は切っても切れないが、友情は水のように融けあう、私は血よりも水を好いている」と書きとめている。さらに佐賀へ行乞を重ねるうちに足の神経痛にかかり、痔と下痢にも悩まされた。下痢は行く先々での焼酎が原因にちがいないが、酒は彼の場合機械油でもあろうか。

生を明らめ死を明らむるは仏家一大事の因縁なり（修証義）

生　死　の　中　の　雪　ふ　り　し　き　る

前詞は語るまでもない、道元禅師の修証義総序の初頭である。私はこの句を前にして、

湯豆腐やいのちのはてのうすあかり　　万太郎

を思い合わせる。そして二句を並べてみて、定型の怖さを知らされざるを得ない。

こうして雪中行乞がいつのまにか春になり、桜が散り、やがて初夏となる。

嬉野温泉で結庵に失敗した彼は、故郷に近い山口県北海岸へ渡り、五月末から八月末まで川棚温泉の木下旅館に留まった。それは温泉に近い妙青寺所有地に定住するにふさわしい庵を持ちたいためである。四十四歳で出家得度し行乞の道に入った彼もすでに知命を越えていた。歩くことを行とする山頭火が、一所不在から一所定住へまたぐらついたのは、たぶん老の影を自分の姿に見たからであろう。

だが、ここの結庵も結局実現しなかった。信頼できる身元引受人二人のうち一人は息子健が承知したが、もう一人は地元からということでつまずき、かんじんの資金二百円の調達も思うにまかせない。木村緑平が二十円、「層雲」の後援会から二十円、合計四十円の送金はとうに宿泊代に消えていた。緑平を経ての二百円の無心は、現在の二百八十万円位だろうか、当時私の店の散髪代が六十銭、現在は九百円、そんな比較をした上であるが、戦後の物価上昇は散髪代がいちばん激しいというから、この計算はすこし違うかも知れない。

川棚を去る

けふはおわかれの糸瓜《へちま》がぶらり

川棚温泉の寺総代たちとの交渉に疲れ果てた彼は、飲み友達である「層雲」の国森樹明を訪い、思いがけず庵にふさわしい廃屋を世話してもらえた。小郡町のはずれ、山手山の裾にある矢足という部落で、竹藪をうしろにした草葺屋根のねがってもない家だ。夏蜜柑、枇杷、柿、なつめ、柚子、茶の木、十坪の畑、井戸、何もかも山頭火のために用意されていたようなものである。樹明は勤務先の農学校の生徒たちを連れてきて、屋根の葺替え、障子貼り、草取りなどすべて引き受け、家賃五十銭の交渉もしてくれた。

九月二十日に入庵、山頭火はかねてから用意してあった「其中庵《ご》」の名をつける。観音経の「其中一人作是唱言」に拠ったものらしい。

ゆふ空から柚子の一つをもらふ

ある日、句友の大山澄太が訪問すると、待っていた山頭火は、早速古ぼけた畳の上に飯茶碗、一菜の皿、箸と一人分の用意をしてすすめ、澄太が一緒に食べようではないかとうながすと、

「うちはのんた、実は茶碗が一つしかないんだ、君が済むのを待っちょるんだ」

と真面目な顔で答えた。そういえば部屋の中にまともな世帯道具らしいものはなく、煮炊の七輪は掃溜から、鍋は病院裏から、盃は駅弁の茶のフタ、印肉入はクリームの空瓶と近在托鉢中に拾ったものばかりである。

いちりん挿の椿いちりん

翌八年十一月、荻原井泉水が其中庵を訪問し句会を開く。その折、井泉水がもの珍し気に庵の中をみまわすと、仏間の木彫観音像、掛軸、ちょっとした貼紙さえ庵主無きあとはもらう仲間がきまっていることを知る。どうやら酒代寸借のカタになってい

るらしいのである。井泉水は乞われるまま額に「其中一人」と揮毫した。そして有難いことに、村人たちはこの日を境に山頭火に挨拶するようになり警戒の目を解いてくれた。

朝は涼しい茗荷《みようが》の子
草にも風が出てきた豆腐も冷えただろ
誰も来ないたらがらし赤うなる

第一句目、茗荷の子を詠って「朝は涼しい」は適切であり言葉も気がきいている。次の豆腐の句も自由律俳句の長たらしさの一つの失敗作とは思うが、草に吹く風と井水にでも浸けた豆腐の冷えの取り合わせは面白い。第三句目、赤くなりつつある唐辛子を見ながら仲間の訪れがない淋しさを詠むことも、「誰も来ない」淋しさを知る私にはわかる。

昭和九年五十三歳。北九州に旅立ち四月に広島、宇品から船に乗って神戸へ。京都、津島、名古屋、木曽と行脚をつづけ、そのころすでに名の知れ渡った山頭火は先々で大歓迎を受け、峠の雪に苦しみながら飯田に着く。

　この道しかない春の雪ふる

飯田の町で急性肺炎を起こして入院したが、四、五日すると「俺の病気は酒でなければ直らぬ」と、病院の厠草履をひっかけたまま脱柵し帰庵してしまう。

　病めば梅ぼしのあかさ

山頭火の秀句の一つといってよかろうか、私自身に引きつけていえば、粥《かゆ》に落とした梅干の一つがまざまざと目に浮かぶ、「あかさ」が見事にそれを描き上げていると思う。

昭和十年をおおむね近在行乞で過ごしたが、年の瀬も押し詰まったころ、独座に耐えかねて故郷のちかく徳山から広島、竹原、生野島とひたすら歩き捨身の旅をつづける。

雨ふるふるさとははだしであるく
笠も漏りだしたか

「はだしであるく」を行乞の泣きごとと見誤りがちだが、これは故郷の習慣を詠んだだけ。行乞の句としては二句目の方がすぐれているといえるだろう。

お布施は米七合で丁度鉄鉢一杯になるが、すぐ頭陀袋《ずだぶくろ》に移しては軒を伝う、米の中には報謝の一銭、五厘銅貨など一緒くた。

木賃宿は一泊素泊まりで二十銭から三十五銭ぐらい、めったに一室一灯にはありつけない。

相部屋は朝鮮人の飴売、行商の支那人、タケフキ〈尺八吹き〉、按摩、旅芸人、老遍路など世間師と呼ばれる者たちで、働きに出る前の朝御飯を地獄飯、晩御飯を極楽飯という。山頭火は宿泊代を現金で、食事代を米で支払って次の行乞に出る。彼は日日のみいりをその日のうちに使い果たさぬと行が嘘になるとして、友人にもらったお金もけっして貯えたりしないから、いつも素寒貧のその日暮らしだ。

昭和十一年、五十五歳の正月を旅で迎えた山頭火は、広島から北九州へ、さらに門司から友人の世話でバイカル丸に乗り神戸に行く。俳句仲間を訪ねながら京阪神、名古屋、浜名湖、伊豆、鎌倉を経たのち、東京の師井泉水居に立ち寄り、中央線で甲州、小諸、善光寺、柏原の一茶の地、直江津、国上山の良寛の遺跡に立ち、日本海沿いに北上すると、山形県鶴岡の「層雲」同人和田光利を訪ねている。ところが光利居で大いに歓待され何泊かしているうちにすっかりネジがゆるみ、一流の料亭に上がりこんで大散財するという大失態をしでかしてしまった。翌日目が覚めるとツケ馬を連れてしょんぼり光利居に戻るのだが、友人は黙って尻ぬぐいをしてくれた。慚愧後悔の念にかられた彼は平泉へ立ち去り、ふたたび光利居に立ち寄ると、雲水の杖衣を預け、頭陀袋を焼き、へこ帯一本、尻からげのただの乞食姿となって越前永平寺にたどりつく。

水音のたえずして御仏とあり

ここに七日間参籠して帰庵したのは七月二十二日である。

半年以上も庵を空けているうちに其中庵はすっかり廃屋と化していた。くずれ落ちた壁の隙間からしのびこんだ蔓草が畳を這いまわり、縁の下の竹の子は畳を押し上げて今年竹になっている。

藪《やぶ》から鍋へ筍いっぽん

山頭火を気取るわけではないが、この句、一昨年竹藪を失うまでの私の暮らしそっくり、つまり本当の筍の味をいいつくしている。

やっぱり一人がよろしい雑草

昭和十三年、五十七歳。三月六日は彼の母の四十七回忌である。仏間の位牌に両手を合わせた彼は、米がないのでうどんを茹《ゆ》でて母の忌を修した。

うどん供へて、母よ、わたくしもいただきまする句のよし悪しは別として、紫色に変色した母の死骸にすがりついた強烈な記憶は、山頭火の生涯を通じて離れぬものであっただろう。それを思えばやはり見過ごし得ない一句である。

間もなく彼は身辺をそれとなく整理しはじめる。そして意外ながらくたの山に驚き、物が溜まれば心の垢も溜まるもの、これらのがらくたは知らず知らずに溜めた心の垢と反省し、やがて戸口に「庵主旅行」の貼紙を出すと、世話になった国森樹明にも告げず、小郡の町を立ち去る。

荒れ果てた其中庵はとても人の住める家ではなくなっていた、といって友達に相談すれば再び迷惑をかけることになる、黙って立ち去るのが一番よいと考えたのである。

いただいて足りて一人の箸をおく

「いただいて足りて」はお布施のこと、これは清らかな句だが彼はお布施代りに女も抱いている。彼の友人があきれたり、安心したり、人間性を認めたりする面白い話も伝記の中にあった。

山頭火の落ち着き先は山口市湯田前町の、四畳一ト間きりというう変な畳数の一軒家〈風来居〉で、彼の好む雑草のよろしさも山紫風光の素晴らしさもないごみごみした裏町だ。ただ、ここは豊富な温泉に近くて、バス代往復十四銭、湯銭三銭〈入湯二回で割引二銭〉、そのうえ浴後一杯たのしめる場所だ。彼は毎夜のごとく泥酔し何回となく警察の厄介になった。また前後不覚になって道端に倒れたところを、深夜の雷雨が洗い流し彼を起こすというくり返しになる。

昭和十四年、五十八歳。裏町のそうぞうしさに落ちつけぬ山頭火は、心急かれるまま旅立った。体力にまかせて一日十里近く歩いていた彼も、このころになると行程が減り、めっきりと老いの衰えを知らされ、いま旅をしておかねばと切実な思いにかられた。

徳山、広島と友を訪ね、宇品港から船で大阪へ。京都、滋賀、名古屋、知多半島、渥美半島、豊橋、浜松、天龍川をさかのぼって伊那へ出ると、念願の乞食井月の墓に合掌する。

山頭火が特に親しんだ過去の俳人たちといえば一茶、路通、井月、身近かな故人では放哉ではなかったろうか。湯田の風来居に帰ってきたのは五月十六日である。

一つあれば足る鍋の米をとぐ

このころから山頭火は死期を予知しているような日記を書くようになる。随筆「私を語る」の中に「死ぬる時は端的に死にたい。俗にいう『コロリ往生』を遂げることである」と書いているが、コロリ往生とは、脳溢血や心臓麻痺で死ぬことであった。

広島の大山澄太を訪ねた彼は周防《すおう》訛りで、「のんた、山頭火もあと一年の命かいな。なんとなく死期が迫ったことを感ずるよ」としみじみ語り、山路を旅していて兎や鳥の死骸が目につかないのはどうしてだろうか、あんなふうに自分も死にたいものだという。心配した澄太が彼を市内の医院へ案内すると、医師は階段を上がってくる山頭火の荒い息使いにいっさいを悟り、近づきつつある死期を肯定も否定もしなかった。そこで山頭火は、澄太の紹介状を頼りに四国へ渡り、松山に最後の庵を探すことになる。

東北で僧衣を捨てた筈の彼は、いつのまにかもとの憎の姿に戻っていたことを恥じ、また法衣を脱いだ。この日「お布施にあずかるのは山頭火の徳ではない、このまるい笠だ、法衣だ、お袈裟がもらってくれるのだ、そのお布施で自分はいい気になって酒を飲み、偽りの経を唱えていた」と日記に書きとめる。

もとの乞食になつてタオルが一枚

十月一日、澄太から切符と小遣い十五円を受け取ると、母の位牌をふところにして、山頭火は相生丸で松山へ発つ。

また見ることのない山が遠ざかる

予定どおり松山市昭和町の高橋一洵を訪ね、村瀬純一、藤岡政一らの友人を紹介された彼は、落ちつく暇もなく三日後に四国遍路に出て行った。勤めをやりくりして付添役を買ってでた一洵は、三島の興願寺、三角寺、雲辺寺まで同行し、山の上で別れた。

草にすわり飯ばかりの飯
分け入ればば水音

讃岐路を歩き、高松から小豆島へ渡り、途中、南郷庵、西光寺の放哉の墓に参り、徳島へ着いたのは十一月一日である。乞食姿の山頭火を泊めない宿もあって時々野宿となる。功徳の方も僧形のころよりぐっと減って、悪い日は銭四銭、米四合、よくて銭三十銭、米七合ぐらい、宿賃と晩酌二合のために彼は一心に行乞して歩いたが、門々を追われて好きな酒を飲めぬ日が続きすっかり自信を失う。

老遍路

死ねない手がふる鈴をふる

老遍路と前詞のあるこの句をみているうちに私は不思議な思いがしてくる。いつの間にか自由律俳人化した目に、下五の「鈴をふる」の「をふる」が無駄にみえてならないのだ。芭蕉の「古池や」の句を、「――音」とまでした彼が、「鈴」で止めないのは迂闊千万ではないか。

十一月二十一日、松山に着くとまず藤岡政一宅で過ごし、二十七日から二十日間、道後温泉ちくぜんやに泊まる。実は彼が温泉につかり一杯また一杯の暮らしをくり返している間、松山の友人たちは駆けずりまわって彼の最後の庵を探していてくれた。ちくぜんやの木賃宿料は三食付七十銭ほどだったが、これも友人が保証してくれる。十二月九日の日記に「――山頭火はなまけもの也。わがままもの也、虫に似たり、草の如し」とある。

山頭火の希望や条件にかなう住居を探すのは容易でないが、この地が終《つい》の栖《すみか》となるように、友人たちは骨身を惜しまなかった。そして運よくみつけたのは、道後温泉に近い御幸山の麓、真言宗御幸寺門外にある空家であった。四畳半、六畳、押入れ、入口のちょっとした土間、東向きのぬれ縁、便所、庭には汲揚げポンプ、東隣に新築の護国神社、西隣は古刹龍泰寺、松山銀座へ七丁、山あり、水あり、温泉あり、人里あり、山頭火にとって思いもかけぬ庵だった。

雨を受けて桶いっぱいの美しい水

大山澄太は、この庵の名を山頭火に頼まれて一草庵と命名「一茎草を拈じて丈六の仏に化すこともわるくないが、私は草の葉の一葉で足りる。足るところに私の愚が穏坐している」という山頭火の言葉によったものであるが、井泉水の「一草一葉の真実を観取すべし」にもかかようところがありそうだ。

山頭火の住居が定まると、満州へ赴任した息子から孫のできた報らせと一緒に、十円から十五円に増額の送金があった。これは、昭和九年、息子健の縁談がもちあがり、本人から相談の手紙を受けたとき、心配のあまり熊本へ駆けつけた山頭火が、サキノに冷たくあしらわれ、健からは逆に月々十円の仕送りを約されていたからである。

ふと子のことを百千鳥《ももちどり》が啼く

一草庵に落ちついた彼は、一洵、政一、月郁、柳女、河火骨、千枝女、布佐女、和蕾、無水らのあたたかい友情に囲まれて越年、早速彼をかこんで句会「柿の会」が発足した。

けふは凩《こがらし》のはがきが一枚
あたたかい白い飯が在る
あすは元日の爪でもきらう

山頭火の死期を予測した木村緑平、大山澄太が、すでに刊行されている七冊の小句集を一本にまとめた『草木塔』出版を企画した。自選にうるさい彼は、庵に籠りきりとなり七百三十句にしぼって、東京の出版社八雲書林へ送稿する。刊行されたのは四月二十八日、扉に「若うして死をいそぎたまへる母上の霊前に本書を供へたてまつる」とあるほか、刊行にあたっての著者の言葉はない。印税代りに受けた三十五冊を持って彼は熊本から山口をめぐり、世話になった人々に贈呈して歩いた。

けさは涼しいお粥をいただく

山頭火の日常は、早朝四時過ぎに東雲神社の太鼓、五時近くなると護国神社の太鼓が鳴るのでその間に起床する。一草庵の日記には「午後は道後へ。一浴一杯、また一杯。それがいけなかった。また一杯また一杯でさんざんだった。どろどろぼろぼろになってしまった。ああ、ああ」「暗いうちに起きて身辺整理。反省慚愧。自戒自粛」「……泥酔して路傍に倒れている所を運よく通りかかったお隣の奥さんに連れて帰っていただいた。いけない。いけない。恥ずかしい限りである」「身心粛然として勉強する」「いつ死んでもよいように――おちついて静かに読書す」――だいたいこんな日のくり返しである。

八月十二日の日記から買物メモを拾うと、「混合米二升八十二銭、切手五銭、醤油一合七銭、胡瓜一本五銭、イリコ少々、そして残金正に一銭也」。

ひょいと芋が落ちてゐたので芋粥にする

昭和十五年十月一日は風邪気味で終日うとうと眠りつづけた。ちょうどこの日が松山の高橋一洵を訪ねて一年目の記念すべき日であった。翌日は、折から防空演習最中の今治に、酒飲みたさのあまり清水恵を訪い、泥酔して帰る道でどこからともなく白い犬がついてくるのを知った。庵の戸口でふと気付くと、犬は直径五寸ほどの丸餅をくわえている。山頭火は合掌して犬のお布施を受けると、夜半の二時それを雑煮にして食べた。

山頭火は十月六日「とんぼが、はかなく飛んできて身のまわりを飛びまわる。とべる間はとべ。やがて、とべなくなるだろう」と記し、これが最後の日記となった。おそらく死因となったであろう十月五日から三日間は松山の秋祭、つづいて十日まで護国神社の大祭、ふるまい酒を浴びるほど飲んでいる間の日記は空白であった。

ひなたへ机を長い長い手紙を書く

十月十日の夜、例の句会「柿の会」が一草庵で催され七、八人の仲間があつまったが、山頭火は顔をみせず隣室で布団をかぶったまま寝入っていた。こうしたことはよくあることなので、仲間たちは「おうい、先生、まだ醒めんかえ、ようねるねや」とのんびりしたものだった。実は、夕方、山頭火は上がり框で倒れ、折よく来合わせた御幸寺のおだいこくに助けられ、奥の座敷に運ばれ吐瀉物の世話にまでなっていたのである。十一時ごろ句会が散会になり、それぞれ家路を指した。

ところがどうにも山頭火の様子に気になった一洵は、夜半の一時ごろ一草庵にかけつけ、まだ胸部のあたたかい彼が息絶えようとしているのを知った。午前四時死去、死因は脳溢血、彼が常々のぞんだコロリ往生を遂げたことになろう。

山頭火心居士　　享年五十九。

靫かずら——岩田昌寿

岩田昌寿《いわたしょうじゅ》ならお手のもの、まあ書けるだろうと高を括ったのが、そもそもの大間違いであった。いざペンを執ろうとして、昌寿と私の間にほとんどつきあいらしいつきあいのないのを知った。

出雲橋「はせ川」の河続き、京橋寄りの「朝日クラブ」では「鶴」の俳句会でいくどか会っているし、台湾製糖の藤山財閥が所蔵公開した芝白金町の「支那文庫」に就職していた昌寿を、私は三田聖坂から散歩がてら二、三度訪ねていて、目の前でひどい喀血を見てもいる。真っ赤な熱の顔、はげしい咳を風邪と勘ちがいしている矢先の喀血に、私は洗面器を当てがい、血だらけの口や手を熱いタオルで拭ってやったりしたが、医者を呼ぼうとするとその必要はないと断わられた。

「こんなこと初めてではありません。止血剤の注射をうつくらいが精々、このまま静かに寝ている方が効果的です」

そんな意味の短い会話を交しただけで、私は邪魔者のように追い帰されている。後に私自身同じ経験をして、口をきかぬことが、そんな場合の唯一の好手段であるのを識り、昌寿のそっけなさの正しさを理解した。


私の手許にある材料は、昭和四十年八、九月号にわたる「鶴」所載の座談会「岩田昌寿追悼」〈出席者、小林康治、清水基吉、岸田稚魚、斎藤優二郎、外川飼虎〉と、その種本に当たるテープレコーダーがあるのみ、しかも当然のこととして、故人の狂気に触れる部分は「鶴」誌上で削除されがちになり、テープの方も「ここは記事にはできないね」という個所が、酩酊の爆笑に消されて聞き取れない。自然この二つを貸与してくれた外川飼虎に、さらに十数回電話の問合わせという迷惑をかけている。

私の俳誌の同人の一人に棒書きの年譜を作ってもらい、それを頼りに近くの農家の納屋にあずけている古い「俳句」「俳句研究」「鶴」を調べたけれども、貸し忘れの欠本が多く目的の記事は思うように見当たらない。

「これから、おくのほそ道を辿って旅に出る。半年が一年になるか、いずれにせよ長い旅になろうから、お前はそのあいだしっかりとこの家を守っていてくれ。着ているものはこれでよい、草鞋《わらじ》も途中で買えようが、冬仕度を忘れぬよう荷作りを頼む。そうそう紙子の羽織があったはず、寒さにはあれが一番だ。笠、蓑《みの》も今は要るまい……」

岩田昌寿は実弟の慶寿に呟きを残して、それが三度目になる狂院へ入っていった。その話を誰に聞いたか、いまどうしても思い出せないが、岩田昌寿がどうやら書けそうだ——と思った動機は、その一奇行を逆算していけばと考えついたからである。断わっておくが、この場合の「おくのほそ道」は、俳文学者や俳人たちが芭蕉の足跡を辿り、論文に俳句にしたものとは根底的に相違した岩田昌寿独自の発想ということだ。昌寿自身が芭蕉そのものに変身して、徒歩に賭ける俳人未踏の「おくのほそ道」の旅程を志したのである。草鞋、蓑、笠、紙子の羽織と口走っているのは、かつて耽読した芭蕉の幻覚によるものであろうが、背広、靴姿は目のうちになく、彼自ら旅の僧衣を身にまとっていたとしか考えられない。

岩田昌寿の生い立ち、転々と職を変えていく間の交友関係、波郷のいう、思想、信教、愛情の相剋葛藤、結核療養所と狂院を行き来する間の、詳細な実情など、深いつきあいをもち、書簡その他充分な資料をもつ外川飼虎がいずれ「岩田昌寿伝」として書き残すであろうし、われわれも希望してやまない。

だから、これから書く岩田昌寿の履歴は、ごくかいつまんだもの、年代等にも不正確な点がある。

昌寿は宮城県古川町に生まれ申年という。九歳の時、教員であった母と死別、父とはそれ以前に生き別れしている。小学校卒業後、三十人あまりの従業員がいる婦人靴製造工場の帳付け、仕事の段取りなどしたが、将来は養子に望まれていたと昌寿自身語っている。

満十八歳で肺結核となり清瀬の清和園に入院。初めて俳句を作り、当時、神田小川町にあった白十字社発行の「療養知識」石田波郷選俳句欄へ投句、ここで前橋多弦、中村不逸といった「鶴」の人たちに出会った。昭和十五年には、一連によって「鶴俳句」欄の巻頭をかちえている。清和園で次第に恢復した昌寿は、アフタケアのため三鷹東京天文台近くにある多摩保養園に転院し賄方になっている。そうしてここで、最後まで一種くされ縁的な交友が続き、さんざん迷惑をかけた斎藤優二郎と出会い、菅野晟光、中川正、服部つゆ子らを知ったのであるが、なんといっても事務員の及川米子に出会うことで、岩田昌寿の運命は大きく変わっていったようだ。

及川米子は昌寿の俳句の中では、きよという名で登場するが、吉植庄亮の「橄欖」の同人で、角川の「短歌」にも作品を発表したことのある歌人、人間的にも非常にいい人で、良家の令嬢であり東北一の名門校、仙台第一高女を出ている才媛であった。昌寿が賄方をやりながら、独学で小学校教員の資格を取る勉強をし、防空演習中の人目を盗んで検定試験を目指しながら、半年後千葉県の訓導免許状を下付されているその影の力にどれだけなったたか、昌寿より十五歳年上の、すでに教員の資格をもつ彼女の援助は想像以上に大きいものがあったであろう。裕福な家に嫁ぎ、婚家で発病したため離縁され、保養園に来て小康を得て事務員となったいきさつは、前記の座談会で小林康治が語っているところである。

書き忘れたが「鶴」の座談会「岩田昌寿追悼」上・下二冊のほかに小説の下書きとも見られる「牡蠣」と題した昌寿の古い原稿が同封してあり、それによると、保養園時代に二人はすでに、肉体関係ができていた。

私はどんな場合でも、映画俳優や歌手の容貌をもちだすのが嫌いな質だが、面倒なので書くと、岩田昌寿は田村高広をやや丸顔にした子供っぽい美青年、無口で一見おとなしい感じの男であり、不思議と年上の女性に可愛がられるところがあった。

退院後の岩田昌寿は、清瀬の清和園時代の読書会ミレトスの会員だった小林愛子の紹介で支那文庫に就職口を得、事務員兼書庫守の暮らしに入る。十九年秋召集の赤紙が来て、目黒の輜重隊に入るが八日ほどで帰されてしまう。が、やがて敗戦とともに支那文庫は閉鎖され、昌寿も生活の道を断たれた。けれども彼は失職する以前に、貴重な漢籍のコレクションを戦火から守るために、鎌倉扇ヶ谷の清水基吉家庭裏の矢倉に、連日、リュックに詰めて運び、一方では赤坂新坂町の藤山愛一郎を訪ねて、支那文庫を中国研究所へ移すよう勧告した。そういう点、いわゆる頭が切れて実行力のある男だった。

終戦後の支那文庫は、やがて引揚者の雑居寮と化したが、昌寿は自分の部屋を離さず、その他にも近くの清正公の寺の二階を借りて原稿を書き、大学受験の勉強をするといった、一見悠々自適の生活を続けるが、間もなく弟の慶寿が復員する。そこで貯蓄の心細さもあって沙羅書店の開店になるのであるが、古本屋の経験がある小林康治と共同経営という形をとり、お互いの蔵書を寄せあうところまで話は進むが、肝心の店舗がない。清正公の寺の夫人の厚意で、門前の三角形の土地を借り、「鶴」の仲間である蒲生光義の友人に信州の男がいることを知ると、さんざん苦労の末材木を送ってもらう手筈をととのえたが、もちろん材木代など一文もない。大工は、康治の細君の甥に頼み、これも無料でやっと開店の運びがついた。

沙羅書店開店の祝賀の俳句大会が、清正公の寺で盛大に催され、石田波郷も祝いを兼ね選者として出席している。

ところが、突然及川米子が支那文庫に引越して来て、昌寿と同棲した。弟の慶寿は同居に耐えられず家を出た。そういえば前記の「牡蠣」に激しくリアリスティックな愛欲描写がある。

二十三年、夜学に通いながら立正大学地歴科を卒業、土佐高知の女学校教師の口がかかるが、昌寿は東京を離れられなかった。及川米子への未練もあったろうし、俳人として一家をなす野望も強く彼の胸にあった。そして共産党入党、さらに創価学会入信という奇怪な行動を見る。共同経営の小林康治は葉山から通っていたが、戦後の出版ブームによって古本の売れゆきが悪く、ついに沙羅書店を閉店、あとを靴屋に売り渡す結果となった。

沙羅書店のつぶれたあとの生活は、及川米子が面倒をみたが、疲れ果てた彼女は結核が再発、昌寿より一足先に国立神奈川療養所へ入院する。昌寿は夜具その他、療養生活の必需品を背負って女子病棟に入ると、甥と称して彼女を看護しながらそのままベッドの下に泊まりこむ。いつまでも帰ろうとしない昌寿に、非難の声が高まるのは当然であった。

間もなく彼も再発、外気舎に移った。そこで慶大教授豊田四郎の下で党活動を開始、療養者の待遇改善運動を起こしている。

しかし一方では相変わらず続いている及川米子との醜聞に、党員たちからも吊るし上げを喰い、精神錯乱状態におちいると、まっ裸のまま病院裏の山中に駆けこむといった事態を生じ、桜ヶ丘の精神病院へ半ば強制的に入院させられた。脱柵というかたちを取るのか、病院から蒲生光義を訪ねて背広をもらうと、それを金に替え、及川米子のいる大秦野の病院へ走る、そんなくり返しに桜ヶ丘病院からあいそをつかされて、完全治癒に至らぬまま退院を命ぜられた。弟の慶寿の迎えを受けて、再び支那文庫に戻るが、それはていのいい軟禁であった。

ここで岩田昌寿は狂言自殺を計っている。というのは、ガス栓こそひねっていたが、窓は開けっぱなし、誰が見ても自殺未遂には見えず、慶寿や騒ぎ立つ近所の人たちの前で、当人はけろりとしていた。

二十六年「俳句研究」の五月号に、石田波郷の添書とともに、「秋夜変」六十五句を発表する。神田秀夫が編集していた時代だったと思う。

秋夜二夜三夜寝ず瀬音狂ひ出す
顔出せばもの皆燃え出す秋夜変

秋夜狂つて図太くなれば生くばかり
生恥の秋夜の厠往復す
秋雨の中や睾丸握りしむ
山羊のごと我が見ゆ秋夜馳せとほす
医師の顔仏めくとき秋日射す
仰向いて卵す丶れば秋日洩る
狂人を馳らす秋晴運動会
　波郷先生に「一夜ねて露白光の外科個室」の句あり
髪乱し濃霧裸身の夜明かな
涙つくしてしまへば何も彼も秋嶺
秋嶺にのぼりつくまでまた逢はず
人抱けば木草は失せて霧湧くを
餓えの果秋草炎えて変貌す
月澄めば女の髪を野に葬る
蹴らる丶氷拾ふは素手の舟津看護婦

百合はしづかに眠りて月も雲もなし
せゝらぎは母の唄めく野は末枯
泣けば雨笑へばダリヤをどりくる
露無限つひに白猫を抱擁す
白露の大樹は近く嶺々遠し
屍より重きふとんも運ばるゝ

雪の日狂院に送らる、我を見送る医務課長及びなべて女人なり

次第に雪流離のバスは動きはじむ
女の胸雪降りつゝむ山河わかず

兄、弟、叔母、友人と別れて保護室といふ独房に入れらる

寒く暗く独房に覚む前後なし
独房の雪は音楽となり降りいそぐ

三日目保護室をいづ

こそ新生鍵の穴より冬日射す
雪の日は空罐に茶を捧げ飲む
冬日伸び狂人の手が伸ぶこぼれ飯
馳すは赤犬狂院の雪地を隠す
狂ひ女の乾飯すひとる畳つめたし
雪は松にゆたかに狂女唄ひ出す
食器重く座せば冬日は分裂す
町の灯は耶蘇の灯に似て遠し遠し
命ありき冬の馬鈴薯切に負ひ
道端に甘藷ころげ落つ短かき日
病めばおろおろ膝が崩れて冬日射す
冬河に貧窮の尻さらしけり
信じたし寒灯に諸手ぬくめ佇つ
身をせめて寒夜は水を飲みつくす
砂町なる波郷先生への道すがら

冬砂利を踏めば頭を占むヨブ記の章
大年の貨車が家を揺る世の歪み
貨車の間の冬草青し江東区
煙草なく米なく出でて冬空美し
人の飯食ひかさねをり日短かき
歩きむく蜜柑あせるなあせるなよ
ペン絶ちの何時までつゞく寒の星
校塔の冬日はうすれ青春失せ
犬赤し冬日が洩れて馳け出す

絶望にあるとき目前にまろびし童子を見、いたく感動す

傷なめて童子さへ霜を踏んで行く
本売つて燕くるまで食ひつなぐ
冬の切株夕日暈なす人群なす
年の楽地に満つ空を鳩翔けて

年の楽怒濤の如く胸に胸に
人待てば年のネオンは媚びるかに
雪はらむ夜空はふくれネオンばかり
年のネオン遠目夜空は戦火に似る
日向黄に日蔭は蒼しうさぎの眼
冬服着る翼のごとく手を伸べて
母恩恋ふ朴の一枝に冬日集め
春を待つ靴底にゴム厚く貼る

この一連の作品が、第二回「茅舎賞」の候補に挙がり、惜しくも古沢太穂と共に次点になった。第一回は石橋秀野、この時は細見綾子が賞を得ている。

石田波郷は、句集『地の塩』の序の句の中で「これらの句は表面混沌とし未完熟であるとはいえ、自らを狂院の一室に置いて然も自らを見失わない凝視と観照と表白のきびしさは、世の平安健康な俳人にして及ばざるところがある。ノイローゼ患者を狂院に入れゝばほんとうの狂人になってしまうであろう。そういう場で岩田君の俳句精神は見事に岩田君を支えているといってよい。これらの句は読む者の心を傷ましめるが、同時に読む者の心を暖めてやまないのである」と述べている。

しかしこれらの俳句は、狂院の中で作ったものではなく、支那文庫へ連れ戻されてから、やや小康を得た時、狂院生活を思い返しつつ作られたのである。そうして間もなく先きの精神病院へ再入院するが、軽症患者に課せられた草むしりのような軽い労役にも背を向け、昌寿はひとり大部屋に籠って、読書や原稿書きをしていた。及川米子からも院長宛に、岩田昌寿は軽いノイローゼであり分裂病ではないこと、したがって狂院収容は人権蹂躙であるとの抗議の手紙が届き、本人もインシュリンショック療法の苦痛に耐えられない理由などで退院することになった。

二十八年「俳句研究」五月号に「狂人日記」三十一句を発表する。

これから岩田昌寿の湘南遍歴に入る。日覆のシートで作った買出し用リュックサックに家財道具いっさいを入れ、手に蝙蝠傘《こうもりがさ》と靴を持ち、下駄を履いているといった奇体な格好で、まず鎌倉扇ヶ谷の清水基吉を訪ね一泊した。焼け出されて疎開中の清水は叔父の家の離れにいて、昌寿に居坐られる部屋も、彼を世話する生活のゆとりもなく、翌日ていよく追い帰す。次に襲われたのが葉山の小林康治だが、「昨夜は清水さんのところでお世話になりました。これから二、三か月、お宅に置いて頂きます」

小林の家も狭い上に子供がいて、居候を置く余裕はなかった。つまり清水にしろ小林にしろ、そんな甘ったれに乗るほど世間知らずではないということだ。しかし小林は彼を一ト晩泊めたあと、逗子の斎信黙会の下宿先に三畳部屋を見付け、食事付六千円の半分を払ってやった。残りの三千円は黙会が家主に払ってくれた。昌寿はふところに八百円持っていたが、二人の友人は就職探しに必要な金だからと一銭も使わせなかったのである。が彼は二日後に八百円をすっかり使い果たしてしまっていた。黙会が訊くと、

「あれで金ペンの万年筆を買いました。これから必要ですからね」

とけろりとして答えた。こんな話を知った清水が、当時鎌倉の市長だった草間時彦の父親の顔で、好条件のアルバイトを世話した。十五日ほど働くと、彼はそれをそっくり貯金してしまい、すると手元に金がないので、また逗子の黙会を訪ねて借金を申し込む。気前のいい黙会は、まだ袖も通さぬような背広を質入れして金を貸してやるの

である。ある日、昌寿に呼ばれた黙会が彼の部屋に入ると、

「人間というものは、貯金しなければいけないよ。私だってこうして貯金しているが、君は入った金をみんな飲んでしまう……」

そう言うと、自分の貯金通帳を広げて見せた。あっけにとられた黙会は、こんなに何千円もの貯金のある奴に、年中ぴいぴいしている俺が質屋通いまでして、なんで金を貸さなきゃあならないんだ——と思わず苦笑した。洋品店を営んでいた岸田稚魚から金やワイシャツをせびり、しかも、岸田の店の品はよそに較べて高い、と言いふらす。やがて「鶴」に三年間ほど続く「日雇の唄」時代に入るのである。

鎌倉市役所の仕事が終わってからしばらく失業していたが、田浦の職業安定所を訪ねて登録に失敗すると、あらゆる就職運動をした結果、沖仲仕や倉庫掃除といった仕事にありつく。一日かなりの金になるが、もとより昌寿に重労働はできないので仲間の世話になりながら日雇の仕事を身につけた。ビルマの皇太子と愛称されていたところをみると、日雇の人たちの目にもよほど異色の人物として映ったのであろう。「彼が日雇をしたことは精神衛生上から言って良かったと思う、青空の下での労働、これは非常に健康的です。精神錯乱を起こしてからの昌寿は社会生活での対人的協調とい

ったことはできなくなったと言えるだろう。生来文学青年気質があったところへもって来て、頭を病んだからいっそうそれが強く現われる。人との調和は不可能と言ってもいい。しかし、日雇をやっている限り、対人的な協調はそれほど必要ではなかった。自分に課せられたノルマだけ果たせばいい、きわめて自己中心主義であったわけだ。それに一種の選民意識が彼にはある。それが日雇仲間の中に同化することをゆるさない。だから、いつも彼は仲間の圏外にたっていたと言える」。これは外川飼虎の言葉だが、さすがに親しく彼を識るだけあって正鵠を得ている。

日雇海へ出され弾丸を担ぎ汗す
才なき日雇二日あまりを春の風邪
梅雨の日雇長尿して刻待つも
梅雨の昼月クレーン西す東す
燕世の皺となり日雇群る
寒の水適格者証《カード》出す手は賭博めく
梅雨しとゞ三味の音まじる下水掘り

昼餉《ひるげ》せむ百日紅《さるすべり》の地に紙敷き
瓜の花日雇やもめ数知れず
桔梗や日雇の夢うたがはず
行人に日雇まぎれず秋の暮
雨の焚火吾が手をかざす隙間なし

その後小田原に移る。はじめに訪ねたのは俳句仲間の小西敬次郎だが、自分の家に同居させられない小西は同じ仲間の、香取久雄の家に置いてもらうよう計らった。ところが、人前では一見内気に大人しくみえる昌寿は裏を返すと利己主義、強引さをむき出しにする男であったから、人のいい香取の家をいつの間にか、わがものとしてしまい、つまり香取は軒を貸して母屋を奪られる立場にされてしまった。

香取には妹がいて、その恋人との結婚の話があったようであるが、香取は相手の男が気に入らず話がまとまらない。それを昌寿が激しく非難、誹謗するというような悶着を起こし、それも原因の一つになってか香取を自殺に追いやった。しかも昌寿は、

香取久雄自殺す
石蕗《つわぶき》の花死ねざる無援の日雇者

と、ぬけぬけと詠んでいるがまことに妙な話だ。「鶴」の小田原支部の人たちは、もし昌寿が小田原に来なかったら香取久雄は死なななかったろうと噂し合った。

なおこの三年間に亘る日雇の句で、昭和三十一年度の鶴俳句賞を受賞した。

昭和三十三年二月ごろ国立神奈川療養所で及川米子が死亡し、岩田昌寿は「俳句」四月号に「立春前後」と題して、

かつて療養中の主治医、はたきよの主治医より
解剖の結果などうけたまはれば
薬さへ信じ得ぬ吾か東風に佇つ
歳月や軍手をまるめ拝むのみ
焼場まで山坂多し寒の柩
屍焼くマッチ火稚し寒の雷

寒雷やきよ焼く炎みてゐたり
郷里より死者の義弟がおくれ着く
きよすでに炎の中や寒の声

その他を発表。

三月、前年あたりに岸田稚魚が日本海の旅をして俳句の収穫を得たため、それを羨んだ昌寿が東北への旅を稚魚に乞い、鈍行列車に乗って十二、三時間かかりながら秋田へ行く。加藤かけい門下で銭湯を営む後藤日子宅に一泊、彼らの会「夕焼」の連中と句会のまっ最中に眼前の農家の火災に遇う。かなりの豪農とみえ、家財や牛を曳き出す混乱を目の辺りにして、

ひつじ田に夜火事の鶏散乱す

の一句を昌寿が作り、それを稚魚に絶讃されて以後一句もできなかった。
帰途酒田に一泊、女中にそそのかされて飛島へ渡るが大荒れを食らい、次の船が当

分通わぬときかされて、約三十分島にいただけで再び宿へ戻る。この島にいる間、昌寿は海猫の骸を拾って弟への土産にすると言ったという。後年、稚魚はその気味悪さを昌寿の狂気と結びつけている。

翌年三月五日、竹頭社より句集『地の塩』を刊行。

昭和四十一年一月三十日、N病院で死亡、誰一人知るものがなかった。享年四十五。

室咲の葦——岡本癖三酔

今から何年前になるか、たしかアジア競技大会といったと思う、その開会式の日に、東京・麻布福吉町の久保田万太郎邸をお訪ねした。鎌倉以来なので、よろこんでくれて、ブランデーなどご馳走になったが、どういうはずみか岡本癖三酔《おかもとへきさんすい》の話がでた。だいぶ昔になるが、癖三酔が三田通りの松山病院に入院していたことがある。一等室の三部屋を借り切って白い割烹着姿の美しい女性が付き添っていた。つまりこれは、私の親父から聞いた話で、髭剃りは毎日、散髪は週一度、当時の散髪代は三十銭ぐらいだったろうか、出仕事〈出張理髪〉代は歩けるところで三倍をもらっていたが、癖三酔は十倍の金をくれたのである。しかし、親父に限らず当時の職人が毎日顔を剃れといわれるのは恥だったのだ。はじめ不満だった親父も癖三酔の変人ぶりが気に入って、午前中の仕事をたのしむようになった。

たとえば顔剃りの湯をその女性が運んでくると、「床場さんは湯といっているのであって、熱湯とは言わん。なんだこの湯は、一度冷まして持ってきたまえ」といった調子である。実は親父は顔を蒸すための熱湯が欲しいのであるから冷まされてはこまるのだ。このような筋違いの連続にこれも変わり者の親父の方から降参したようである。

癖三酔と親父は同い年の五黄の寅であった。

そういう話を万太郎に伝えると、癖三酔が松山病院に入院していたことも知っておられ、

「松山なんていったかな、院長は」

「陽太郎です」

「いやちがう、昔流の何か庵という字がついた人だった筈だよ……」

福沢諭吉の主治医をしていた松山棟庵のことを言っていたらしく、棟庵はすでに隠居して私の店の前に住んでいたことを申し上げた。そのことで万太郎は癖三酔の話をする気になったのか、

「桂郎さん、あたしはどうしても癖三酔を芝居に書きたい。可愛がっている娘がいてね、十五、六にもなろうか、その子をおぶい、子守唄をうたって部屋の中を歩くのだが、癖三酔という男は足が弱い、そこで今度は娘が、お父さまわたくしが代わりましょう、癖三酔は娘の背中でまた子守唄をうたう。ところがその子が急死してね、お骨になって帰ると、どうしても寺へ納める気になれない。自分の部屋に骨箱を置いて朝夕お線香をあげるんだけど、そのたびに骨壺の蓋をあけて一つ二つと食べてしまう、とうとう最後に小さな骨の一片を残したという、ね、これは芝居ですよ」

岡本癖三酔の本名は廉太郎、明治十一年九月十六日生まれである。出生地は父の赴任先である群馬県高崎、両親とも小田原藩士の出で家庭は厳格をきわめた。慶大卒、子規門。二十五歳で時事新報の選者となり、三田俳句会を同級生の籾山梓月と共に指導し、碧梧桐の「俳句三昧」に対して、虚子、蝶衣、東洋城らと「俳諧散心」を唱える。俳号をはじめ碧山水といったが、これでは碧梧桐の弟子みたいでいやだと癖三酔に改めた。そのため人からよく盃を贈られたが、実は酒が一滴も飲めないのである。身長五尺二寸、小肥りの美男子であった。二十六歳のころひどい神経衰弱に罹り築地の山田病院へ入院、明治四十年六月、友人梓月のすすめで『癖三酔句集』を俳書堂から刊行、菊半截判、仮紙装、定価二十銭のこの句集は、虚子よりも早く刊行されたことになる。

俳句に対して独特の見識があり「俳句脱糞論」「句死骸」はよく知られるところである。それは野糞と解釈したい、ひりおわすまでの快感、ふり返って見る汚物という意味であろうか。

大正七年、有季自由律を標榜する俳誌「新緑」を主宰し、途中から「ましろ」と改題、二十年間発行しつづけた。俳誌発行の蔭には発行業務いっさいと編集を引きうけ癖三酔のお守役といわれた松本翠影はじめ、木下蘇子、伊藤牛歩、斎藤知白、田山耕村らの力があったことはいうまでもない。その後、神経衰弱と糖尿病で芝区三田一丁目の松山病院に入院したのは冒頭に述べたとおりである。

世の中には横のものを縦にもしない横着者がいるが、癖三酔のはそんな生やさしいものではなかった。門外不出十五年を守り、十町四方をまれに人力車で見て廻ることはあっても、大抵家にとじこもり、それればかりか自分の部屋から一歩もでようとしない。昼間から雨戸をしめ切ったまま、ルミナール六錠〈カルモチン三十錠にあたる〉をのんで眠り、目をさますと戸の隙間から星が見え、朝かなと思うと夜であったりする。

睡蓮すっかり暗くなり灯もり
沢瀉《おもだか》の窓の風に寝てしまって
戸を開けて夜の雨空を見あげへうたんの花

昼間からしめ切っている雨戸は、カンカン照りの直射日光のためそり返ってしまい、星影や月影がさし込む。こんなことを書くと読者は、癖三酔の家を貧乏長屋か小さな借家住いみたいに想像されるかも知れぬが、これがとてつもなく豪荘な邸宅なのである。父親は岡本貞烋《ていきゅう》といって、鐘紡の重役その他諸重役を兼ねる実業家だったが若くして死亡、癖三酔の生活はすべて父親の遺した財産でまかなわれ、なお使い切れぬほどの資産があった。そして税金、家計いっさいは邸内に住む父親の番頭にまかせっぱなしだった。

住居は東京市麻布区竹谷町十四番、門の脇に請願巡査をおき、自分でやる用事は何一つない暮らしであった。たとえば栗ひとつ食べるにも、傍に女中を侍らせて皮をむかせ「まだかい」と催促しながら口へほうり込む、したがって、栗をむきながら食べる下賤の楽しみなど知らなかった。

好悪の感情が激しく、気に入ったものにはとことん惚れる性質で、食べ物の嗜好にもそれが現われ、麻布十番の洋食店「山中屋」の松茸ライスが気に入ると、明けても暮れても松茸ライス、もうこの季節に松茸はありませんよ、と断わられるまで松茸ライスなのである。「ましろ」同人木下蘇子の家で、千葉県産掘りたての筍をご馳走になった時も、それ以来すっかり筍好きになり、物狂いしたように朝昼晩と筍を食膳に置き、女中を八百屋という八百屋に走らせ、あれでもない、これでもないと品定め味競べに明け暮れた。

人づき合いにも好みが激しく、友達の連れを指して「あいつは嫌いだから追い返せ」など平気なのだ。癖三酔の妹が彼を訪ねた折も、「いないよ」と部屋の中で返事があって出てこない。

「だってその声は、お兄さまじゃありませんか」「本人の俺がいないというんだから、こんなたしかなことはあるまい」

ある俳人が人物批評を行ない「常識的非常識」人間、「非常識的常識」人間などに色分けしたのち、癖三酔は「非常識的非常識」に属するといった。彼自身もこれを認めたが「そのうえ俺は大わがままだといいたいのだろう、だが俺のわがままは少しちがう」と説明した。自分のしたい放題を押し通すのが一般のわがままだが、彼のは「したいことが何一つできないから、したくないことをけっしてやらないだけだ、したがって、俺のは消極的わがままである」と。これをきいた松本翠影は「消極的わがまま」は普通のわがままよりずっとむずかしいと思ったという。

こうした話を書いているときりがない、この辺で癖三酔のある一日といったかたちで彼の日常生活に触れてみよう。もちろんある一日というのは構成上のフィクションだが、扱う一こま一こまは事実に即している。

癖三酔が眼をさますのは、たいてい夕方か早暁である。雀のチリチリした声に耳を傾け、昨夜のんだルミナールが尾をひいている頭でぼんやり天井をみつめる。これから、長い長い牢獄のような一日がはじまるのだ。どうやってすごそうか、朝から翠影をよぼうか、彼はいるかしら、麻布本村町の蘇子邸なら人力車で行けぬこともない、しかし外出はやはり億劫だ、第一、日光が明るすぎて恐ろしい、それなら部屋の中にいるに限る、一番安心ではないか……など、とりとめもない思いをめぐらせる。机をみるとまるで定規ではかったように硯箱も書物も整頓されて塵一つない。机が乱れると彼の神経もいらだつのだ、安心してまたうとうとと眠り、今度は女中に起こされる。

「大埜間先生がおみえになりました」

麻布十番に開業する大埜間清江《せいこう》は、毎朝必ず癖三酔を診察にやってくる。主治医であり歌人でもあるこの医師に、彼は絶大な信頼を寄せていて、地震嫌いの癖三酔は少しでも揺れると、それ人力車だ、自動車だと大騒ぎして大埜間医院へ逃げこむのだ。地震も病気も彼にとっては見境なくこわいからである。

大埜間医師の診察の結果は良好とのことだった。血圧百八十、尿に少し糖がでるが、これは病気のうちに入らない、とにかく、健康保持のために庭の中だけでもいいから歩きなさい、と注意して帰る。

主治医のすすめが効いて、彼は何十日ぶりかで庭下駄をつっかけ、さむい日蔭をわざとひろいながら、亡父の形見の盆栽を眺めてまわる。父が死んで以来はじめてみる盆栽は、鉢の底から根を生やし、いまにも植木鉢が割れそうであった。

癖三酔がいつも使っている書斎と座敷は、大工が腕によりをかけ、坪何拾円の数奇をこらした贅沢な別棟だった。口の悪い仲間が落成式の日に「癖三酔を入れる温室ができた」といったとか、これも今では気に入らなくなり、大工に取り毀《こわ》しを命じてある。大工は丹精こめた建物だからうんといわないが、「それなら俺が毀すからいい」とおどしている。十六間ある本邸は自分が占領し、癖三酔の実母と、女中に生ませた一人娘、数人の女中以外は本妻も入れていない〈実母は彼が五十二歳のとき亡くなってしまったが〉。本妻、長子、父の代よりの庭掃除、風呂焚の爺や、ばあやの住む家は、おのおの邸内に散らばしていっさいの交渉がなかったという。俳句仲間と若い女性以外はすべて忌避した。

　何気なく仕切りの垣根までくると、向こう側の庭で品のよい中年の女性が朝の挨拶をしている。ぼんやり礼を返し、あとで考えたらそれは自分の本妻だった。

白い花が首を垂れて庭を冬にしてゐて
軒に青桐が棒立ちで冬中
庭木三四本に添木して三十三才

書斎へ戻ると朝刊を棚に片付ける。新聞は読むものにあらず、物を包むためのものなり、と彼は信じている。やがて女中が、俳誌に新しいハガキ一枚添えて届けにくる。そのハガキで寄贈者へ丁重な礼状を書き、俳誌は封を切らずに大埜間医院へやってしまう。礼状はその場で女中に投函させる。

「投函して参りました」

「ああそうかい、ポストの中でポタンと音がしたかい？」

こんな会話を俳誌が届くたびに何遍となくくり返す。たまりかねた女中が「礼状は一日に一回まとめて投函したらいかがでしょう」と提案して即刻クビになってしまったこともある。

午後になると彼は、門に見張りをつけ紙芝居〈起こし絵〉のくるのを待ちかまえる。このごろ毎日庭に呼び入れて椅子をだしてみるのである。

紙芝居の大当りの小春で

気前よく五円札をはずむので紙芝居屋は大よろこびして帰ったが、そのうち、うす気味悪くなり気が重くなったのか、なんとなく岡本邸を敬遠するようになった。

　この日、いつまで待っても紙芝居はやってこなかった。これに似た話は以前にもあった。俳人にたかって歩いているいま路通、川上涼果が、癖三酔の家にやってきたときのこと、座敷へ上げて話をしたあと十円紙幣を持たせて帰した。「退屈している僕が半日以上玩具にしたんだもの、その値打ちはあるだろうじゃないか」と彼は涼果の次の訪問をたのしみにしたが、二度と現われなかった。小銭を与えた俳人の家には何回も現われ追い払うのに苦労するという。十円が祟ることを知らぬ癖三酔はみじめだった。暇つぶしの方法に無知な彼は一刻一刻気が狂いそうな思いであった。

　紙芝居をあきらめ厠掃除の仕度をする。癖三酔が厠掃除？と読者は驚くかも知れぬ、が、これは本当の話なのである。彼専用のトイレを大きな脱脂綿の塊りでごしごしみがき、何回も綿をとり変え、壺が脱脂綿の山になったところでやっと気がすむ。顔を上気させ喘ぎながら掃除を終えるといくらかの充足感を味わうのである。この仕事だけはいまだかつて誰にも手出しさせたことがない。

　腹の空いたところで昼食にしようかと女中に言いつける。「卵があったろう？」「いただいちゃいました」「野菜があったろう」「いただいちゃいました」「みんないただいちゃったんだな、じゃしようがない、洋食でもとるか」というわけで、落語の「代り目」ではないが、神経質な癖三酔のその また反面を知っている女中たちは、至極のんびりしたものである。

暗くなると彼の身辺は急に活気を帯びる。六時から久しぶりにましろ同人句会が癖三酔邸で開かれるのだ。凝り性の彼は、この日のために数日まえから畳替えをすませ、障子もすっかり貼りかえた。経師屋を呼んで小短冊を切らせ、六角の杉柾折につめた料理、「松竹梅」の酒、一人一人のため重ね硯箱を用意し、まるで結婚式の披露宴さながら、贅をつくした句会となる。十一時に散会、持ちきれぬほどのみやげ物をそれぞれに渡すと、「寿という字の書いた風呂敷はないか」とおどける者もでる始末だった。

潮が引くように仲間が帰ってしまうと彼は虚しさにぐったりしたりして、ルミナール六錠をかみくだくとすぐに床をとらせてしまう。「お湯がわいております」と女中の声がしたが年に四回ぐらいしか風呂をつかわないので返事もしない。

門外不出十五年を守る癖三酔が、この鉄則を破る日がやってきた。はじめ、どういういきさつがあって外出するようになったか、私にはわからずじまいだが、友人の誘いが功を奏し、十町が半道、半道が一里と距離がのびていったらしい。もっとも、これから述べる癖三酔の外出はすべて自動車によるもので、歩いたり電車にのって出かけたものはひとつもない。

昭和九年第五四号「ましろ」をみると、

顔知つてる手妻師の若葉銀座

を発表、この年の四月九日例句会愛宕山「藤よし」にも出席しているから、すでに門外不出を解いていたわけである。
四月二十七日　いつも彼岸のお中日にやる牛歩庵草餅の会を、今年は蓬《よもぎ》の伸びが悪いのと、庵主が多忙であった為四月二十七日に催す、当日雨模様だったので、癖三酔、桐芽等みな天気に負けて欠席。
五月九日　夕刻から「藤よし」に会合。牛歩は伝道旅行にて、不喚洞は梅林寺の会と衝突したため、癖三酔は大風吹きやまぬ為、いずれも欠席。
右の句会報でわかるように、雷ぎらいの彼は、自らを「驟雨恐怖病者の膏肓に入っている」という。だから外出の日は雲を怪しみ、風にびくつき、雨粒ひとつにも気が遠くなってしまうほどで句会も欠席がちだった。

ほほづき一ッ真赤な弱い男

ところが師走の雨の日の句会に、思いがけず癖三酔が出席し仲間の喝采を浴びた。この体験は彼に自信という大きな収穫をもたらしてくれる。

師走の樹々ただ黒く人あゆみ

昭和十年一月二十日、順心女学校へ通っている娘美津子をつれ高輪泉岳寺へでかけるが、銭勘定を知らぬ癖三酔は、門脇で線香を五十銭買うと、その嵩におどろき、四十七士の墓を煙だらけにしてしまう。

一月二十五日、亀戸の天神様へ出かけ、葛餅と天神団子と二包み、それに丸太ぐらいの鷽《うそ》を三円七十銭で買う。二十五歳のとき天神様へ行って以来、間に震災をはさんで三十三年ぶりの初天神詣であった。
またこの月には荻窪の「ましろ」同人中村枯荷庵の新年会にも出席、三十年来はじめての遠出をする。「どうも遠い遠いこれでも日本の内かね、僕は満州へでも来たような気がするよ、第一、夕日の色が厭に赤いじゃないか」

町が淋しくなり電信のはりがねの凧
軒にのびた藤の枯れきつた風の空で

癖三酔は疲れ果てて家に戻ると「ああ長途の旅をした……」と眠りこけてしまう。後日、この日の感想を彼は次のように書き記す。
この枯荷庵なるものが全くあきれ返った僻陬《へきすう》の極地で、新宿駅をすぎてから、其の先の長いこと、長いこと、平凡無変化の町の果てしもなく続くのは、亀戸天満宮の時も、あきれとくたびれを満喫したが、枯荷庵の道の単調陳腐、亡国の境のような、灯影も人影もない不規則な紐のような、手ぐっても手ぐってもきりのない沙漠みたような土地を、無限に旅した、満州のその先までも行きついた感じであった。

三月十七日、宇佐美不喚洞の導きで吉原大門米川楼へ、さらにここの主人の案内で稲本楼へと上がることになる。そのいきさつは不喚洞に出した三千枚の絵ハガキに関わるもので、癖三酔は人に便りするとき何かしら絵を添えてだす習慣があった。ほめられると無邪気によろこび手製絵ハガキを乱発する癖があるうえに、もともと一つことに凝る性質だったから、讃辞を寄せる不喚洞に集中的に送ってしまい、不喚洞もいちいちこれに応えてほめ言葉を寄こす。昭和四年から昭和十年の間にとうとう三千枚になってしまった。そこで不喚洞がこれを祝し三千枚にちなんだ三千歳という源氏名の女性を探すことになったが、結局、芸者にも女優にも三千歳はいなくて、なんとなく稲本楼に上がって帰ってきたのである。

お彼岸のお中日に葛飾区正王寺牛歩和尚がひらく草餅の会にも癖三酔は出席する。去年は大風をこわがって欠席した例の会である。しかし、この時、木橋恐怖症をさらけ出し、車に同乗の者をよろこばせてしまう。荒川放水路の木橋へさしかかったときのことだ、

「車をとばしてはいけないよ、この橋あぶないからね、何も急ぐことないからね」

真青になった癖三酔は、運転手を叱り自転車よりも遅く走らせる。

「あぶない、あぶない、橋の真中まで行ったら、橋がしなって落ちてしまう」

騒ぎ立てる癖三酔におかまいなしに車は木橋を渡ってしまった。翠影は、

「この次来るときは、もう少し向こうの新しい鉄の大橋を渡りましょうか」

と可笑しさをこらえながら言った。

長い橋で広い川で草は春になつてゐる
路ばたの草の青み自動車倒れさうにゆられ

門外不出の籠り癖からひとたび解放されると、今度は無闇矢鱈と出歩きたいのが彼の性癖であるが、何回も遠出をするうちに、癖三酔にも馴れが生じ、自動車の窓から悠々と外を眺められるようになった。すると友達は「あまり平気で出あるくと当り前の人になってしまう、変り者の所は大事にとっておく方がよい」と本気で心配するのである。それでも盛りだくさんのスケジュールをこしらえ、どうしたら彼が驚いてくれるだろう、と趣向に余念がない。いっそ車から引っ張りだして歩かせてみようと皆

の意見がまとまったのは初秋のある日のことだった。

前日までふり続いた雨がようやく晴れ、翠影、烏城が同乗して国府台から市川、江戸川べりへと車をとばす。茶屋でひと息入れたあと庭下駄を借り、裏山を登って里見公園をみる計画である。「ちょいと坂を上ると、すぐですよ」とお上さんの言葉を信用し、うかつにも登りはじめるが、雨跡の赤土は関東特有のへな土で、そのうえ階段の木がくさり青苔だらけときている。

「こうのべたらのつるつる坂じゃとても登れっこない、おまけに下駄が平べったくて鼻緒がゆるんでる」

足の親指にいくら力を入れても一足登っては一足すべりでどうしようもない、引き返そうとすると、下りはもっと滑ってしまう。翠影が後ろにまわり、癖三酔の背を押してやる。

「よござんすか、下駄をこう爪立てて、蝙蝠傘を地面につき刺して登るんですよ」

翠影から山登りのピッケルの話をきくと、ピッケルの使い道を知らぬ癖三酔は、

「そんな便利なものがあるなら持ってくればよかった。まったく今日は山登りの辛苦をつぶさに体験したよ」

これからはどこへゆくにもピッケルを忘れないようにしようと言った。途端にすべって蝙蝠傘を放りだし、翠影に尻を抑えてもらい、萱《かや》の葉をしっかり摑んで命拾いする。両手をめめず腫れにし「鼻と口とでは息のつき切れないほどの苦しさ」でやっと頂上にたどりついたのである。

頂上の腐れ果てた茶店のまわりには、藪枯し、曼珠沙華のつぼみ、鶏頭、芒《すすき》、萩、かすかな昼の虫の音、どれ一つをとっても秋の気配のしのびよる淋しさ、暗さで一杯だった。風音におびえた彼は命からがら坂道を引き返す。茶店に戻ると牛歩、不句が到着していた。三銭の渡し船があるから乗ろうと誘われるが、癖三酔はもう動けない、腰が棒のようになり、足首には鉄のまろかせがぶらさがってしまい、芦吹く風に魂を引きちぎられる思いである。江戸川べりで日暮れまで遊んだが、彼は「淋しい、淋しい」と言いつづけた。彼の随筆「江戸川べりの半日」の最後をほんの一部分紹介してみよう。

帰りに江戸川の長い橋の真中頃で、牛歩が遠くの方を指さして、
「あれが今の所だよ、あんな綺麗な灯がついている、淋しかないよ」といった。
みると黒暗暗裡に赤く青くネオンが、成程綺麗といっていい程大きなものが輝い

ていた。

芒の穂白く〳〵夜目に知らぬ道の橋を渡り
橋水うつり芦《あし》の穂波どこまでも吹く風
空のくろずんで来る芦の穂の静かに眠むり
松杉のくろみに一本の紅葉濃き細道をあがり

こうして遠出をする一方では、夜毎銀座をさまよい、勧工場《かんこうば》近くのカフェ「プランタン」に通いつづけた。お目当ての若い女の子がいて、後に岡本邸へ引き取る。このひとは癖三酔のでたらめな散財に目をつけて自分の体を売るような女ではなく、純真な可愛らしい子であったと友達のすべてが証言している。そして晩年まで彼の身のまわりを世話し、死水までとっている。ところで、「プランタン」では、あまり毎晩豪遊のつづく彼を怪しみ警察へ通報、ある晩彼は巡査に連行されて取りしらべをうけるハメとなった。

「どういうご身分の方か存じませんが、あまりお金をお使いになりますので、一応しらべさせていただきます」

「そんなに使やしませんよ、一晩にせいぜい二百円か三百円ですよ」

昭和十年ごろの二百円といえば、今の二、三十万円に当たるか、さっぱり嚙み合わぬ会話のやりとりに、警察では自然と瘋三酔の身分を知り、「どうも失礼いたしました、お帰りになってよろしゅうございます」

「帰れったって、こんな所からあたしは帰れないよ、自動車たのんでおくれ！」

警察が呼んだハイヤーで彼は無事帰宅すると「警察ってのは親切でいい、ありゃまた行ってもいいところだね」と得意であった。

またある女中に生ませた子供のことで次のような話もある。不喚洞が名付け親で生まれた男の子の名を好日子《よしひこ》としたところ、出生届の際、区役所が誤って女の子と記入し裁判しなければならなくなった。瘋三酔は「殺されたって裁判所なんか行かない」と頑張り、父親としての代理を立ててみたり、弁護士に依頼するなど八方へ手をつくしたが、父親である瘋三酔が出頭するほかないとされ、不喚洞の付添いで怖るおそる裁判所へ出向いた。裁判所では、

「男の子にちがいありませんか」

「はい」

と、まことにあっけない結果であった。


外出狂となった癖三酔は、五十七歳にしてはじめてバスというものに乗り、また多摩川べり、浦安海楽園、千葉園芸学校、埼玉県安行、三宝寺池、里見公園、清澄公園、戸越公園、池袋豊島園と憑かれたように出あるいた。

豊島園へは毎日出かけ、売店でありったけの麩《ふ》を買うと池の鯉にばらまいた。糸でつながった麩が一つ二十銭か三十銭、それをいっぺんにまくから、鯉がわっとあつまり、ぶつかり合い、とびはねる、それが面白くてならないのだ。自然、売店の女の子とも親しく口をきくようになり、ハンカチをプレゼントしたりした。

やがて御嶽へ一泊旅行をする。近々エチオピアまで飛んで紀行文を航空便で日本へ届けるよ、などと元気一杯の癖三酔であったが、糖尿病で足弱、高血圧、彼の行動半径はおのずから限られたものであった。

昭和十年をすぎると「ましろ」句会は、しばしば防空演習、灯火管制のため中断されている。あわただしい時局が癖三酔にどのような影を投げかけたか、私に手がかりは全くない。おそらく新聞を読まぬ彼は、かたくなに時の流れに背をむけ、倖《しあわ》せな俳諧散心の日々を送っていたのではなかろうか。

やがて、不幸がいちどにやってくる。昭和十二年から十七年の間のどの年かの「婦人公論」に、癖三酔が恥も外聞もなく家庭内をさらけ出し、娘美津子の死に関する事情を解明しているが、今それをしらべている余裕がない。要するに、娘からは祖母に当たる、癖三酔の母の、箸の上げおろしにまで「お前は女中の子だ、妾の子だ」といびられたのが原因の自殺である。

葬儀の日、柩を追って白足袋のまま狂気のようにとび出す癖三酔を、大場白水郎が羽がいじめに止めたという話もある。中央公論社から届いた五十円の原稿料で小型トラック一杯の花を買い、溺愛した一人娘美津子の墓を花で埋めつくした。

大東亜戦争に突入の翌年、昭和十七年一月十二日、癖三酔は六十五歳でその生涯を閉じた。良き時代の俳壇が生んだ鬼才、岡本癖三酔を知る人は、今日あまりにも少ない。

屑籠と棒秤——田尻得次郎

田尻得次郎《たじりとくじろう》という名の俳人を挙げても、久保田万太郎生前の「春燈」の人たち、石田波郷以外ほとんど名を知らぬ人が多いだろう。彼の日記に自選百句があると記しているが、石田波郷がこれをみているだけで、誰の目にも触れていない。「春燈」の万太郎選その他、私の調べた限りでは、二十四句しか見当たらなかった。蟻の町のマリア北原怜子で有名なバタ屋部落に住み、日本橋の問屋街を主に、籠を背負い棒秤を提げて紙屑や縄の切れ端を拾い廻って、一日の収入がやっと二百円足らず、そんな暮らしの中で久保田万太郎著『残菊帖』五十円を古本屋で見つけ、掘出し物と小躍りする一方では、思わず飲み過ぎた焼酎《ばくだん》の残り金がパンの耳数片にしかならない夕食、そんな毎日だった。

拾い来し薯《いも》洗ふ背に花火の音
遠花火隻手の友はうどん煮る

柳橋なる花柳章太郎邸の前にて

白桃や女形が家の塵箱に

某青線区域にて

夜《よ》濯《すす》ぎの一夜妻待つ古雑誌

昭和二十九年八月十四日の日記に「明日〆切の春燈の句へ両国の川開きを詠んだものなどやっと送った」とあるが、バタ屋にも思いがけぬ実入りがあって、まれには青線の女を抱くこともあったらしい。実は、この日記は安住敦家の書庫から拝借した未発表のもので、拾い集めた原稿用紙に書きなぐってある。発表した部分については、昭和三十年「春燈」六月号「柿の木坂雑稿」安住敦の中で「掲載したこの日記を支持する人としない人とは大体半々のようである。尤も支持しない人も、特にこれが面白くないというのではなくて、中に出てくる衒学的なところが気に入らないようである」と編集者らしいきびしさで掲載のいきさつなどにも触れている。

私が田尻得次郎を識ったのは昭和二十二年の新春だったと思う、小田急線本厚木駅に近いB工場の理髪室だった。鶴川の自宅のすぐ上に同じ疎開者の友人が住み、その男のすすめに従って、この工場の散髪を私が引き受けていたのである。散髪代は工員の給料日にまとめて支払われる。領収証の署名に石川桂郎と書くと、それをみた田尻得次郎が、

「失礼ですが、俳句の石川桂郎さんですか?」

驚いた私が、そうです、と答えると彼は急に態度を改めて、そそくさと理髪室を出ていった。

間もなく同工場に俳句会が生まれ、その指導も兼ねるようになったのは、田尻得次郎の尽力であった。彼は痩身、たいへんな鬚面男で、しかし、人懐っこい、やさしい眼をしばたたかせ、いつもはにかみ笑いを浮かべているような好青年だった。

大正四年七月十九日、横浜伊勢佐木町通り相撲常設館という映画・レビューなどが演じられていた劇場の一丁ほど先にある中村屋蕎麦店の長男として生まれ、横浜尋常小学校、神奈川県立第一中学〈現在の希望ヶ丘高校〉横浜高等工業〈現在の横浜国立大

学〉をすべてトップで卒業。横浜高工時代は三十人に一人の特待生として学費を免除されている秀才だったのである。卒業と同時に茂原工場、東京工業試験所などで働いたが、一種のエリート意識からか、自分の殻に独りとじ籠って、ひとづきあいが悪く、いずれも自分から退職している。この性癖が祟って、彼の生涯を狂わしたといえるほど、転々と会社、工場を移り変え、そのあげくに前記のB工場で工場長をしていた義兄のSに拾われ、別棟の研究室に助手と二人で働いていたのだった。

一週に一度、土曜日の二時からはじまる俳句会には得次郎のほかに、会計主任の岩熊、男女工員が十四、五人集まり、主に席題句で勉強しあった。

ある晩、岩熊、得次郎、私の三人で酒を飲んでいるとき、得次郎の口から久保田万太郎の話がでた。同じ芝区の三田に住み、時折りは三丁目角にあった延命地蔵尊の縁日、古本屋の秦川堂などで、久保田万太郎の後ろ姿、横顔を見かけている私は、懐しさのあまり、なんとなく万太郎のあとをつけて歩く。道端じかに筵を敷いて子供の安玩具を売る婆さん、飴細工屋、季節でいえば重ね桶をひろげた金魚屋、海ほおずき屋、それに場所としては、一番悪いところ、もっとも、植木屋にしても、艶歌師にしても、暗いところが商いのつけ目なのか、万太郎の足が長く止まるのはこの二つだった。特に十五、六並んだ植木屋では侘助の花の前へ、沈丁花へ、木犀へ、目を近づけてじっと眺めている。私は、買うところは一度も見ていないが、気にいったものがあれば庭木屋に担がしたかも知れない。そのころは、植木市から歩いてせいぜい五、六分の四国町に万太郎邸があった。

三人は香料くさいアメリカのウィスキーを、すでに二本近く空けていた。

「わかりました。縁日のお話面白いと思います。重ね桶と聞いただけで、そのころの金魚屋の情景、アセチレン灯の匂いまで思い浮かびます。わたくしが久保田万太郎の名を挙げたのは、先生の小説、戯曲、俳句について、あなたのご意見を伺いたいんだ。艶歌師のバイオリンの弦が、馬の尻尾だなんていう話は、いま聞きたくもない。久保田万太郎の処女作「朝顔」が三田文学に発表され、小宮豊隆に認められた、同じ小説なら「末枯」「市井人」、戯曲なら「プロローグ」が「太陽」の懸賞に当選して小山内薫に採られ、「暮れがた」「雨空」「心ごころ」「短夜」「大寺学校」、俳句では処女句集の『道芝』、まだまだいくらもあるが、そういうものについてひとつお話ねがいましょう……」

岩熊が妙な目くばせをして彼の服の裾を引くと、

「わかった、わかった。おい得次郎、そのくらいにしておけ、続きはしらふのときゆっくりお相手になってもらえ、石川さんも迷惑だろうし、俺は耳に胼胝《たこ》だ」。私の方をむいて、

「こいつの癖がはじまったんです。気になさらないでください」

けれども得次郎はいっこうにききわけず、独り言のように、

「なにが俳句の先生だ、俳句の先生だったら万太郎俳句について、何か俺の頭のさがるような自説があるはずだ、そいつをまず聞こうじゃないか」

とさらに声を荒らだててくる。普段は口数も少なく、愛嬌のある顔が一変して、目を据え、顎をしゃくり、私の方へ詰め寄るのだ。長くなるからここでは省略するが、万太郎文学の博識には舌を巻くほどで、私は完全に負け犬になった。

後に、山本蓬郎の恩義に対し、逆に、暴力をもって報いる酒乱ぶり、俳句研究社で石田波郷からもらった校了祝いの一升酒をくらい、油拭きした床板に煙草の吸殻を散乱させたまま、泥酔のうえ泊まり込み、危うく出火の過を犯すところだった、などの酔態をみせた。そうして、その酒席が、私にとって奇縁のはじまりになったのである。

約一年半俳句会は続いたが、突然、岩熊が自殺する事件に出会った。

俳句会の中心人物といっていい岩態の死により、会は自然消滅する結果をみた。私は理髪室通いが次第にいやになり、得次郎も研究室勤めの張り合いを失ったようだ。やがて、理髪室の閉鎖とほとんど同じころ、得次郎もB工場をとびだしていた。

その後彼は、今日の農協のようなところへ就職したが、話の様子では研究室時代の仕事とは打って変わって、米軍から支給されるうどん粉、缶詰、バナナなどを運搬する筋肉労働者だった。農協に怪し気な通訳のできる男がひとりいたし、米軍のトラックにも二世がいて、なんとか取り引きが済む。ところが通訳も二世もいない日があり、あわてたのは農協の組合長だった。身振り手振りもさっぱりでGIの怒声が降るのをきくと、それまで荷物運びをしていた得次郎が、たまりかねて二人の間に立ち、流暢な英語を使いはじめ、たちまち円満な取り引きが交わされた。得次郎が筋肉労働者から主要な事務員に抜擢されたのは当然といえよう。米軍の食料部の交渉、銀行関係の業務まで任されるようになり、それを喜んだ得次郎が早速焼酎を提げ、報告に私を訪れてくれた。

「B工場の研究室にいたころ、君が原書の科学誌を読んでいるのを知っていたが、どうしてもっと早く学歴を言わなかったんだい。そういうところがお前さんらしいのはよくわかるが、こういうご時世だから他人様のことなんか構わず世渡り上手をやらかさなければ損だよ」

「事務所の通訳にじりじりしたことは事実ですが、何もわたくしがしゃしゃり出ることはないと、つい……」

飲めば彼の得意な文芸談となり、露伴、鷗外、鏡花、荘八、蘆江に亘る、そんな話の間に、いい穴場を見つけました、八王子のおでん屋で、体を悪くした浅草の芸者が姉の手伝いをしていて、なかなかいい女です、一度一緒に行きましょう、と言う。夜も遅く泊まって行けとすすめたが、早朝の勤めがあるからと、彼はふり切るように帰っていく。

十二月一杯待ったが得次郎は顔をみせずハガキ一枚よこさない。こちらから訪れようにも農協の場所をはっきりきいていないので、まァ、元日か二日あたりには……と密かに待つ思いだった。年が明けても彼はいっこうに現われなかった。神田駿河台の目黒書店で校正に追われているときだった、いきなりやって来た二人の刑事に私は外へ連れ出され、田尻得次郎という男を知っているかと尋問を受けた。知っているどころか、最も親しい仲間の一人だと私が答えたのはいうまでもない。仲間という言葉で一瞬刑事たちの目の色の変わるのが私にもわかったが、それが公金横領の仲間扱いを受けていたのは意外だった。

公金横領とは次のようなことだ。農協職員の給料十五万円を八王子の銀行から引き出した帰途、昼間から酒が欲しくなり、例の私に話していた行きつけのおでん屋に寄る、若いおかみさんを相手に熱燗の一本が二本になり、やがて止めどもない酒に溺れていった。

「浅草の妹さんはこのごろ見えませんか」

「ああ、あの子は体の調子も快《よ》くなって、置屋の方へ帰りました。暮から正月にかけては商売が商売なので、いくつ体があっても足りないほどでしょうが、松でもとれたらまた遊びに来るでしょう。なにせ姉妹二人っきりで親戚らしい親戚もありませんから、会って二人でおしゃべりをするのがなにより楽しみなんですよ」

話術の巧さはないが本の上の知識で、彼は花柳界の話、歌舞伎、義太夫、清元、寄席芸人、すべてに通暁してそつなく話せるから、そのおかみさんの妹という芸者も八王子あたりのおでん屋の客相手とはちがったものを田尻に感じていたのであろうか、浅草の方へきたら寄ってくださいくらいのことはお世辞にいったにちがいない。書き忘れていたが、十一月に得次郎がきたとき、その女を浅草にたずねてみたい口振りを耳にしていた。というのは、そういう女と逢うときには、じかに置屋をたずねるような真似をするな、近くの飲み屋、しる粉屋でもいい、女中さんに電話させて相手が出てから自分が代わって話し、あまり人目につかないような所へ呼び出して逢うのが道だといってきかせたのである。

酔った彼の意識から、農協職員の給料も自分の金も区別がなくなっていた。その日の勘定、前の借金を気前よく払うとお祝儀まではずんだであろう、外へ出たときには、もう正気ではなかった。なまじい浅草の話が出たため、彼の足は農協へ帰るのを忘れ、女のいる浅草へひた向きに走っていた。

そのころアメヤ横丁があったかどうか、私の記憶にないが、同じような闇屋に立ち寄ると最上のワニ皮ハンドバッグを万という金で買い、置屋の近くから彼女を喫茶店に呼び出すことができた。普段着姿で現われた彼女は一応懐しそうにテーブルへ寄ってきたが、お構いなしにしゃべる得次郎を次第にもてあます。話は一方的で弾むこともなく、いい加減に座を立ちたい様子で尻を浮かしている彼女が得次郎には通じない、結局、他愛のない話のまま二人は喫茶店を出たのである。

刑事に会って、二、三か月くらい経ったか、犬吠崎にてという差出し地名と、得の一字しかないハガキが私のもとに届いた。文面は、「荒波へ身を消すつもりでここへきましたが、やはりわたくしは駄目な人間です、首も鉄道も失敗した揚句云々」といった主旨で、首吊りとははっきり書かないのは、私より先に家族の目に触れた場合を案じたものと想像するよりほかなく、すでに全国指名手配を受けていたのだろう、彼が、どこにどうしているのか、それを知りたいだけに私は焦ったが、心当たりのあろうはずはなかった。

またボルガの名が出るが、私はそのころ退社の足を毎夜ボルガに向けていたし、これを書いている今日でも、新宿での飲み食いといえばボルガ、うなぎ屋の丸斗、蕎麦屋の戸隠よりほかに店の暖簾《のれん》をくぐれない。

ボルガの止まり木にいて、梅割りを飲んでいると、店主の高島茂が、

「このごろ、ときどき田尻さんがみえますよ。くる時間がきまっていて、もう少し待てば桂郎さんがきますというのですが、どういうわけかせわしない飲み方をして帰ってしまいます」と不思議そうな顔をする。

まだ国鉄の線路沿いのマーケット街に店があったころで、狭い露路だし、外へ突き

出すように焼鳥の炭火を置き、叩き団扇の間にも客を呼びこんでいる若い衆がいたから、もし私が飲んでいるとき、得次郎の姿を見掛けたらすぐに知らせてくれと頼んだ。

「そうでしたか、石川さんがそこにいる時、今までいく度も覗いていましたが、サッと逃げるように走りだすので……」

私は得次郎の学歴、科学者としての腕や英語の達者なことを思うと、農協の使いこみくらいで殺したくなかった。何年くらいの刑になるのか、自首して務めるだけの年月を済ませれば、きれいな体になって帰れる、前科はつくにしても、それはそれで働きようはいくらでもあるのではないか、目黒書店の社長に残らずぶちまけて、一時倉庫の仕事でもさせているうちに、翻訳の仕事でもいいし、科学書の出版社へ就職を持ちかける手もある、おかしな言葉だが、そのとき頼み甲斐のうえで目にもの見せてやれるだろう――そんなことを私はひとり胸の中で計ってもいた。

そうしてある夜、ボルガの若い衆の叫び声で、私は店をとびだし、得次郎をつかまえることができたのである。店へ連れ戻って、彼にも梅割りをつぎ、まず現在どこにいるかを尋ねたが、言葉を濁して満足に答えない。職をきいても要領を得ない。あとで判ったことだが、高工時代の友達のあいだをたずね廻り、三日四日と居候しては借金を重ね、留守中に服やラジオなどを持ち逃げして、その訴えも警察に出されていた。後に刑期が、私の予想より長かったのはそのためであった。

ボルガはちょうど客のひしめく真ッ盛りの時刻だったから、私たちの話は隣の椅子の客にも聞こえない。得次郎は遠慮がちながら梅割りを四、五杯飲み、美味《おい》しそうに焼鳥の皿を代えていた。家へ連れ帰って一ト晩泊め、ゆっくり話しあうことも考えたが、酒の酔がさめれば私自身気の弱くなるのがわかっていた。二、三軒先に琉球の人が経営する泡盛の志田伯があったけれど、これ以上飲ませる危険も考えて、私はボルガを出ると食事に誘った。満腹だというのを無理にラーメン屋へ連れこんで、そこで私は思い切って自首を勧めたのである。目黒書店へ刑事の来たことも話し、なんとしてでも生きていてもらいたい念《おも》いを打ちあけ、出所後の身のふり方にも責任をもつことを約した。得次郎は箸を置いたまま、しばらく下を向いて私の言葉にうなずいていたが、

「はい、仰言《おっしゃ》るとおりにします。誰を見ても警察の人に見えます。夜もろくに眠っていません。もう心身ともに疲れ果てて、一度ご相談に上がろうかと幾度考えたか知れませんが、いまさらどの面さげてと……勇気がでませんでした」

「ボルガへ時々顔を見せるそうじゃないの、あたしの現われる時間はわかっている筈だから、待っていてくれればよかったのに」

私はさらに腹を決めて、いまこれから駅前の交番へ一緒に自首してくれないか、頼むからそうしてくれと言った。得次郎は一瞬サッと表情を固くした、同時に私は逃げるなと思った。

「参ります、お連れください」

マーケット街を抜け、ガードをくぐり、私は彼の二、三歩前を歩いた。交番までの途中で怖くなったり、嫌になったら、いつでも逃げていい、あたしはけっしてあとを振り向かない、と念を押していた。

交番の前に立つと、うつ向いたままの得次郎が私のすぐうしろにいた。ホッとしたおもいなど私にてんでなかった、いまその時の気持を私の筆で書くすべを知らない。

私は顔も言葉も不機嫌まるだしに、

「手配中の友人が自首しにきた、本署へ連れてってくれ」

若い巡査が、いきなり手錠をかけようとするのを見ると、胸が裂けるような声で怒鳴ったのを覚えている。

「素人の俺が、手もつながずにきた男に手錠とはなんの真似だ。人殺しや放火《ひっけ》じゃないんだぞ」

交番の中にも二人ほど巡査がいたが、私の見幕に呑まれたとでもいうか、急に態度をやわらげて、

「よくわかりました。間もなくジープを廻させて連行します」

交番の中から、凝《じ》っと私を見つめている得次郎の視線にあうと、胸がつまった。

「元気でね……」

声にならぬ声を残すと、そのままあとを見られずにガード下を駆け抜けた。志田伯で泡盛をあおろうとしたとき、茶碗に血のしたたるのを知り、唇にしみて痛む泡盛がみるみる赤く染まっていった、自分で自分の唇を噛んでいたのだろう。それからまたボルガの止まり木に辿り着いたが、夜中の一時近く鶴川へ帰る終電もないので、はじめて高島茂の自宅に泊めてもらった。

翌朝はひどい宿酔、迎え酒をいただきながら、今日までの田尻得次郎について実情を高島茂に話した。

「しかし、自首させる権利があたしなんかにあるのか、あと味の悪いなんてもんじゃ

ないのが正直な気持です」

「いえ、それでよかったと思います」

余計なことを口にしない彼は、そう言って慰めてくれた。

横須賀刑務所から年に二、三枚のハガキが来たけれども、細かいことを書かせぬ掟があるらしく、私の健康を気遣う文面のあとに、元気で働いているから安心してくれという意味くらいしか書いてこなかった。

獄中のことは、出所後、当時の生活を思い出して、

握飯《むすび》白く大きく勤労感謝の日
うすうすと白痴の如く黴《かび》ありし

の二句を作っている。

昭和二十八年の初秋、刑務所から彼のハガキが舞い込み、近く仮出獄できるので是非お目にかかりたいとあった。私は思いがけぬ喜びに心中万歳を叫んで、彼のくる日を待った。二十日ほどして、鶴川の家に彼を迎え、お袋の手料理を肴に出所祝いの盃

を上げた。顔色こそ冴えないが、ボルガから自首して出たときよりふっくらと頬も肥え、口のきけない生活から解きほぐされた喜びから、無闇矢鱈《むやみやたら》としゃべっては笑う。私たちもつり込まれて久しぶり賑やかに食卓を散らかした。

就職の方も、仮出獄の通知があると同時に、俳句研究社の西川社長に、ありのままの経歴を話し、ここで使ってもらえまいかと相談してあった。

すぐ翌日から、彼は八重洲口裏通りの俳句研究社に出社、馴れるまで雑用をやらされた。けれども前に述べたような失態があり、二か月で自分から行方をくらましてしまった。

俳句研究社を失職し、五十余日を放浪のすえ、彼は半ばヤケ糞になりながら、山谷のドヤ街に寝泊まりした。刑務所で知り合った男と枕を並べ、怖しさにまんじりともしない夜を過ごしたのち、東京、千葉、神奈川、群馬と旧友の家を頼って歩き、逃亡生活のころと同じような生活をする。が、お情に縋《すが》る日々がそう長つづきする筈はなく、誰をたずねるあてもなくなった。友人の恵んでくれた金をふところに、もう一度東京へ舞い戻ると、有り金はたいて飲んだ酒の勢いで、蟻《あり》の町の門をくぐったのである。

秋風やふまへて拾ふ紙一片
紙屑を拾ふ掌をもて木の実愛づ
火の点きし煙草を拾ふしぐれかな
拾ひしとわれのみ知れる蜜柑《みかん》剝く
薔薇垣に沿ひ鉄屑を拾ふのみ
梅雨長し拾ひためたる古切手
夏の果煮ても開かぬ貝いくつ

蟻の町バタ屋部落の生活は、ある意味で三度の食事にありつける刑務所より不安定であるかも知れない、と得次郎は日記にしるす。だが、ここには一杯の焼酎、拾い集めた煙草などのもたらすささやかな安らぎがあり、そして何よりも得がたい自由があった。屑籠と棒秤、車を引いての、少なくとも一日十里は歩かねばならぬ辛い仕事ではあったが……。

ひと雨きそうな日は、同室の気のあうNとのり、、〈時間のないときなど二人で一台の車を引いて拾いにゆき、仕切高は折半する〉で仕事に出て、帰ると安酒をくみかわし文学に芸術に芸談にとめどもなく話はひろがっていく。Nも京大出身のインテリバタ屋であり、何かの事情で裕福な親元をとびだしている隠世者であった。

パンの耳けふも食とし花火の夜

ウィークデーの問屋街を流すと、かじったパンや銀シャリの握飯にありつけることもあったが、仕切高が安値で、一日の収入が百円そこその日は、行きつけのパン屋のおばさんに裁ち落とした耳を十円でわけてもらい、仲間の廻してくれる十円の量のソースをかけて食事を済ます。酒飲みのくせに黒花林糖が大好物の彼は、浅草界隈は百匁三十五円から六十円まで精通しているほどで、時々これを買っては「しまった」と翌日の朝食を我慢するのだった。

このころの一時期、得次郎は「春燈」の縁を頼って、山谷の支那そば屋「天狗」へ足しげく出入していた。店主の山本蓬郎は彼の生活の苦しさをよく知っていたから、土地の名物になっているラーメンや焼売を食べさせ、酒類をいっさい置かない店の奥で、時には客に内緒のコップ酒も飲ませていたようだが、フト思いついて、釣り銭の一円玉を布袋に貯めはじめた。クリスマスまでには一升以上たまるだろう、年末のものいりに備えて田尻得次郎に贈り、彼の喜ぶ顔を見たかったのである。そして、その日がやってきた。

焼酎独特な息を匂わせ、なぜかひどく不機嫌な様子で二タ言三言口をきくと、蓬郎の差し出す一円玉の、ずっしりと重い袋を鷲摑みにして、いきなり店を飛び出した。

しかも数日後、何かわめきながら店のガラス戸に投石した男がいた。店の客は、この野郎とばかり総立ちになり、男を追いかけたが、飛鳥のごとく影も見せず逃げ去ったあとだった。店主の山本蓬郎はホッとした、つかまったら最後半殺しの目に遭う投石者が田尻得次郎だと知っていたからである。それにしても、得次郎の暴行の理由が蓬郎にはどう考えても分らない、金を恵まれた腹癒《はらい》せなら一円玉袋をその場で叩きつければすむこと、わざわざ数日後に投石するのは筋が通らない話だ。私のいないのを見とどけてボルガで焼酎を呑むのも酒代がなく借りられるからで、返す気のないのは知れていることだから、金を恵まれるのとどこが違うというのだ。

昭和二十九年八月三十一日の日記に、彼の生活費が詳しく記載されている。収入四千五百六十円、支出は住居光熱費〈会費、部屋代、布団代、車代〉八百十七円、定額貯金三百四十円、主食費および副食費二百五十五円……etcである。この中で酒類がたった二百七十五円とは、いかに切りつめた生活か、書淫を自認する彼が教養文化費にまわす金額も百五十円でしかなく、部屋代未納分を入れると赤字になる。読書欲は、アメリカ文化センターの図書館、区立図書館、上野図書館へ出向いて充たした。部屋は十時消灯、それ以後はパラフィンの出物でつくった自家製ローソクをともし、暁方まで好きな本を読み耽る。

公休日に街をぶらついてみたりするが、つい手が伸びてモク拾いをしてしまう自分に苦笑した。

デパートに物は買はねど画の秋や

というわけで、久しぶりに入ったデパートのトイレは明るすぎて落ち着けず、谷崎潤一郎の「陰翳礼讃」ではないが……などと呟く得次郎でもあった。

バタ屋ぐらしがすっかり身につくと、無器用な彼にも自然上得意ができてきた。日記から彼らしい一面を書き抜いてみよう。

昭和二十九年九月五日（日）曇

〈前略〉いまでこそ顔馴染になり、僕のためいつも紙屑や縄などとっておいて下さる両国の或るお店が、まだそうしたこともなかった時分、店頭の荷解《にほど》きから紙屑を拾って立去ろうとする僕の身体に、赤い糸がまつわり附いて長く引摺っているのを注意してくれた。振り返って糸を外しながら妹背山の御殿じゃあるまいし、こんな汚いバタ屋に紅の糸などつけても始まりませんねと苦笑しながら言ったものだ。それを聞いてバタ屋さんは芝居が好きなのかい？　と尋ねられ、とうとう色んな話をしたのが縁になって、いまでは僕にとって数少ないお得意の中の一軒になっている。〈後略、原文のまま〉

バタ屋部落にいて重陽の節句でもないが、拾った菊を活けて、Nと仲良く酒を飲む、そんなのんびりしたひとときもあった。だが、いつものりをつとめてくれたNが蟻の町を去る日がついにやってきた。昭和三十年十月初旬、実家の父親から送金やら手紙を受けたNは四国へ帰る決心をしたのである。

バタ屋の足を洗って四国の両親の許に帰りたる友に

雁の秋縄拾ふよりも縄つくれ
蟻の町去りたる友の賀状かな
跨線橋《こせんきょう》に佇ちての春の愁ひかな

つづいて一か月後に、半年近く起居を共にしたもう一人の友人が、義兄の許へ行くと荷物をまとめた。急にがらんとした部屋にひとり取り残された彼は、友達の置きのこした荷物を片付ける気にもなれず、居たたまれぬ思いで屑車を引き、仕事にでた。「あるバタ屋の日記」は、十一月二十日で終わっているが、その後、彼は消息をいっさい断った。

昭和三十九年五月十五日、蒲田の社会保健病院で死んだという報らせを、後日、私は得次郎の実妹から受けている。病名は喉頭癌とのことであった。

しかし、私が得次郎をもっとも哀れと思うのは、万太郎から「田尻どうしている、得次郎どうなった、と先生はしきりにおききになりたがった」〈山本蓬郎の得次郎伝より〉、また「春燈」への投句は毎月注目してみていること、一度折があったらお話したいこともある、もうすこし涼しくなったら、柳とんかつからでも連絡して逢いましょう〈松居桃楼の伝言〉、と得次郎を感激させる言葉をもらいながら、ついに、最も敬慕しつづけた恩師の謦咳《けいがい》に一度も接し得なかったことである。享年五十。

葉鶏頭――松根東洋城

東京築地で生まれた松根《まつね》東洋城《とうようじょう》は本名豊次郎、原籍は伊予宇和島である。松根家は宇和島藩城代家老として濠端に長い塀をめぐらす広大な屋敷を構えていた。

祖父図書は明治維新の際藩主伊達宗紀、宗城をたすけて勤皇の志を遂げ名家老とたたえられた人である。宇和島の屋敷にはこの祖父が住んでいた。藩の石高は十万石と少ないが維新の功績により、仙台の伊達の伯爵に対して宇和島の伊達はその上の侯爵を授けられた。母敏子は宗城公の次女、親戚に柳原家や北白川家に嫁いだ叔母、三井家に嫁いだ叔母などがいて、柳原家からでた二位の局が大正天皇の生母にあたるという家系である。裁判官の父が調停裁判の判事のような仕事をしていて、築地の家には新富座の座長守田勘弥が借金取立ての件などでしばしば出入りしていた。東洋城は新富座が木戸御免で子供の遊び場のようにして育ち、五代目菊五郎、九世団十郎、二世左団次とも親しかったようである。

明治十七年、築地文海学校に入学したが、父の職業の関係で栃木へ転校、再び東京へ戻ったが間もなく郷里の祖父と一緒に住むことになり、愛媛県大洲小学校へ変わりここを卒業した。

やがて松山中学に入学、五年生のとき夏目漱石が英語教師として赴任してきた。二十九年松山中学を卒業、一高に入学する。周囲の俳句熱に刺戟されて九州熊本五高に転任していた漱石に俳句を送り、通信指導を受けるようになる。同時に根岸の子規庵、ホトトギス例会、碧梧桐庵へも熱心に出席し俳号を一声とした。

から風や杉の梢に月冴ゆる
箸にすべく折りし小枝の芽の多き
若菜野や遥に土手の青柳

は一声時代の作品である。東洋城と改めたのは明治三十三年二十二歳の時だ。

明治三十六年一月、イギリスへ留学していた夏目漱石が帰国し東大と一高の講師となった。その頃より漱石庵に入りびたりの彼は、漱石の文学的偉大さに触れ大きな影響をうけている。三十六年、腸チフスのため東大を休学、落第するのがいやで翌年新設された京都大学仏法科へ転校、十か月の京都生活を送り、俳諧三昧に入る十夜の行を主催、往年の東洋城をしのばせるきびしい修業に没頭した。

明治三十九年十月、「吾輩は猫である」を「ホトトギス」に連載した夏目漱石は、面会日を木曜日ときめ、東洋城はここで寺田寅彦、森田草平、鈴木三重吉、野上臼川、小宮豊隆、安倍能成を知った。のちに岩波書店から刊行された『漱石俳句研究』はこのときの縁によるものである。

京都大学を卒業した翌年の明治三十九年、彼は宮内省に入り、式部官に就任、宮内書記官、会計審査官を歴任し、その間、東洋城終生の栄誉といってもよい明治天皇の御大葬、大正天皇の御即位式に関与している。

大正三年、御即位式の前年であったが、当時のむずかしい言葉でいえば「とのゐのあした侍従してほ句奉るべく御沙汰蒙りければかしこまりて」「渋柿のごときものにては候へど」と三句を奉答した。

翌年二月、題簽を漱石に依頼し、陛下への言上にちなんだ俳誌「渋柿」を創刊した。当時国民俳壇を担当していた東洋城はこちらに力を注ぎ、「渋柿」にはあまり熱心ではなかったようである。

明治四十三年、三十二歳で北白川宮成久王殿下の御用掛兼職となった。あるとき殿下から、「松根の俳句に、妻もたぬわれと定めぬ秋の暮があるときくが、妻持たぬというのは本当なのか」と御下問があり、それに答えて東洋城は、「俳句は小説に近いものです」。そうお答えしている。

ここでちょっと彼の容姿に触れておくが、長身白皙、彫りの深い鼻筋、両側をはね上げたみごとな口髭、私は壮年時代の大礼服姿の写真を見ているが、宮廷の女官たちが東洋城の通る姿をみてひそひそと話し合ったり、襖の隙から彼を見送ったというのも満更の話でもなかっただろう。彼の衣冠束帯を想像するだけで、みやびやかな源氏物語絵巻の大宮人たちが彷彿と思い浮かぶのである。美男の彼が女性を寄せつけず三十歳すぎても独身というのは北白川宮でなくとも納得がいくまい。

実は東洋城に愛人があった。同じ式部官である某男爵の夫人と深い恋愛関係があって、大正七、八年ごろ夫人との現場を男爵に押えられ、十五年間勤めた式部官を退職せざるを得なくなってしまったのである。

式部官になったころ、彼は下宿を引き払い築地に一軒の家を借りて、母と二人で住んでいた。宮内省差廻しの馬車が毎日下宿屋から出るのは体裁がわるい、一戸をかまえてはどうか、との人の忠告に従ったものだ。借家は漱石が日記の中で「松根の宅は妾宅のようなところ……」と記しているように貴公子東洋城におよそ似つかわしくないものだった。たとえば、「鶴」の大島四月草が住んでいた鶯谷駅に近い、一名お妾長屋といわれた路地があった。二号さんの味も養った経験もない私ですら、一見していかにも妾宅という感じをうけた不思議さに似ているのではないか、そういう家があり漱石はそれを指しているのだろう。いつの年からか秋になると借家の庭が葉鶏頭で埋まるようになり、この草花を彼は大切そうに眺め人にも自慢した。男爵夫人との恋が悲恋に終わったのはちょうど秋のさかりであった。密会の邸内にはあの暗いといえば暗く、明るいといえば限りなく明るい葉鶏頭が群がっていたという、ひそかに意中の夫人を慕い葉鶏頭を自宅の庭に植えているのだと囁き合う弟子もいた。

葉鶏頭すと剪るや我に葉の乱れ

葉鶏頭野近き家を恋ふも久し
葉鶏頭ひたと愛して天地なし

松根東洋城を「風狂列伝」に加える考えは私に毛頭なかった。小うるさい俳人、俳句師匠、くらいの噂は耳にしていたがそれを風狂扱いするほどの気分には到底ならなかった。が、ある人から東洋城を書いてみないかと意外な資料を送られ、小説の主題、俗世間にはザラにある事件だが俳句の鬼のような彼に、これほどの女好きな、人間くさい面のあるのを知ってこの列伝に加える気になった。

誤解のないように一言書くが、彼も相手の夫人も真剣な恋であり、何よりも東洋城は自分の人生まで賭けているということだ。ただ女癖の悪さについては、男爵夫人の場合とちがってのちのち種々の女性問題を起こしている。

宮内省を退いた東洋城は主宰誌「渋柿」に没頭した。九段中坂の下宿望遠館にいたころすでに自室で週一回の句会を催していたが、誰にでも出席できる句会ではなく、彼の気難しい資格審査に合格した者だけが集まった。暮雨〈万太郎〉、蛇笏、零余子、松浜、余子、喜舟、霞渓、句之都、一樹、月舟、瓜鯖、為王、仙臥、迷堂といったメンバーである。以上の人たちが「渋柿」創刊当時の同人かまたは主流作家だったのではないか。東洋城の俳句指導は「俳句は社交慰安の具でなく、遊楽嬉遊の法でもない。日本精神、東洋文化の精華の流露発揚で、人としての完成のための内部工作、即ち修行の道である」というような武骨いものだった。したがって勉強会のごとき呼び名はなく、俳諧接心とか俳諧道場の言葉が好んで使われた。

昭和四十四年「俳句」三月号の水原秋櫻子「俳句で煮しめた顔」に毎月東洋城居で催された俳句会に出席を許されるようになった当時の模様が次のように述べられている。

定刻の午後六時に行って見ると、会場は二階の狭い一室で、旅の菅笠に夏目漱石の筆で「渋柿」と書いたものがちがい棚に置いてあるばかりで、他には全く装飾はなく、十名ほどの人が襖と壁に沿って並んでいた。喫煙も私語も一切許されず、茶菓は家人がそっと廊下に置いて行くものを、傍にいた会員がとり入れて皆に配るのであった。会者は喜舟、迷堂のほかには、望遠館時代のような、名だたる作者はいなかった。

型の如く席題が出て、句案、清記、披講、となるのだが、おどろいたのは、披講のはじまる頃はいつも十二時をすぎている。それから批評も何もなくて散会する。しかし東洋城庵を出るのが翌日の午前一時前、時には市街電車が絶えて、神田まで歩いて帰ることもあった。

東洋城がはじめ主力を国民俳壇にそそいだことは前に述べた。ところが小説家を志した虚子が頭を下げて東洋城に選の交代を依頼したにもかかわらず、俳壇に復帰すると、無断で国民俳壇を東洋城の手から取り返してしまった。そうしたいきさつがあって東洋城はそれきり虚子と絶縁し二度とつき合わなかった。彼は「渋柿」によって芭蕉の道、すなわちわが道をゆく決心を固め、これも芭蕉にならって元禄の連句を昭和の世に復興すべく実践に移した。

「渋柿」は次第に特異な存在として注目を浴びるようになり会員も増加していったのであるが、まずいことには連句がさかんになるにつれ、東洋城の連句に向ける弟子たちの批判もまた喧しくなっていったのである。正直いうと私には松根東洋城の俳句の良さがわからない。

黛を濃うせよ草は芳しき
旅人に遅れて峡の雪解かな
逆潮の瀬戸の真闇やほと、ぎす

これらの句は東洋城の名とともに忘れがたいが、

宵闇や肉をごめきて骸おぼろ
冬山や我禅定の岩のどれ
老鶯や耳順うて瘠《や》する情

この句のどこがよいのか説明のしようもない。しかも東洋城句集を繙《ひもと》くとこの類の句の多いのに閉口する。連句の会にしても当然東洋城が選者にあたるわけで、彼は宮内省式部官その他の要職に就いた経験があるとはいえ、いわゆる俗世間に対する視野はかなり狭いように思う。世間のことをよく知っている弟子たちに起こす癇癪《かんしゃく》も、結局のところ彼の世間知らずが原因としか考えられぬ。

芭蕉とその弟子たちの連句が、今日いささかも古さを感じさせないのは、武家、大商人、坊主、乞食まで加わってあらゆる世間の波風に通じ、立句、付句の機微の面白さ〈こわさ〉があり、選者のきびしさによって巻かれたものだからである。

東洋城の連句に対する弟子の不満から汲み取ると、芭蕉を習ってはいるが、芭蕉時代の連句をとび越えて、もっと古臭いイミテーションになりかねないという不満の声が含まれているようだ。

東洋城と弟子は、連句のことではっきり対立するようになったが、彼は弟子たちのどんな提案も試作も頑として受けつけなかった。不満の声に一応耳を傾けてみようとさえしない。結局「渋柿」の連句の連衆は、脱退して新しい俳誌を興すほか解決の道がないと考えた。がこの新しい動きが一部に知れると脱退者は連句の連衆だけでなく、俳句作者にまで及び、意外な数になってしまった。昭和九年東洋城が満州の同人に招かれて渡満した直後のことである。新しい俳誌の名もきまり構想が具体化された。そこで「渋柿」の代表作家であり先輩であるYにまず挨拶するのが礼儀、と同人の一人が銚子のY邸を訪ねたが、ここでまた思いがけぬYの返事に出会ったのである。

過日、東洋城がY邸に泊まった折のこと、夫人が別室に床をのべていたときであろうか、暴力をもって東洋城が夫人を犯そうとした、それを知ったYが短刀をつきつけてその無礼をなじり謝罪をさせたという。Yは東洋城と絶交状態となっていたのだ。Yが新誌に走ると彼についていた多くの弟子もこれに従ってしまい、迎えた側にとってはこの上ない喜びとなった。

「渋柿」はその事件のため、半数に近い同志を失い、狼狽した東洋城は、連句のために弟子を失うことを恐れ、以後寺田寅彦との両吟のみに終始した。

昭和二十七年七十四歳の一月、東洋城は突如として、「隠居之辞」を「渋柿」に発表した。

「迂拙《うせつ》齢を重ねること多分に已《すで》に古稀を疇昔《ちゅうせき》に過ぐ。迎春送秋、手足稍《やや》常を持するに似るも頭脳疲労困憊、幾来幾たびか平康を失し昨今筆硯太《はなは》だ倦む。最早指導の重責に堪へず……」。そして選者を野村喜舟、発行、印刷、編集その他いっさいの責任を愛弟子の一人である徳永山冬子に、実は強引に押しつけるかたちをとった。

徳永山冬子句集『寒暁』の後記によると、

昭和二十六年十二月、折柄伊予川内の一畳庵にご滞在中の東洋城先生から、渋柿に関して重大なる事態が起こったので至急来てほしい旨のお手紙を頂いた。十二月二十三日出発、翌二十四日、一まず芳野仏旅氏宅に着くと、井下猴々氏が来訪され、風邪で臥床中の仏旅氏に替って私を案内された先は、松山城の下の猴々氏令嬢の婚家先であった。待つほどもなく、東洋城先生と西岡十四王氏が来られた。挨拶の後、東洋城先生は、

「栃木の小林晨悟君が、栃木県の総合俳句雑誌を主宰して出すことになったので「渋柿」を脱退すると言ってきた。晨悟が「渋柿」を手伝ってくれぬとなると栃木で印刷することは不可能である。そうかと言って松山で印刷することも亦《また》不便で実行不可能だ。そこで山冬子君にわざわざ来て貰ったのは、君に「渋柿」の編輯発行を頼みたかったからだ。大変な難事業だが、君は経験もあるし、夏川女君も手伝ってくれるだろうし、一番適任だと思うのだが、引受けてくれまいか」と言われた。(何故「渋柿」の印刷が栃木でなされていたかと言うと、大正十二年の関東大震災の時、東京の印刷所は焼けたので、先生は栃木へ急行し、同人の世話で十月号をさほど遅れもせずに刊行された。それ以来栃木の晨悟氏が主となって手伝って栃木で印刷していたのである)

健康がすぐれぬ東洋城はこれを機会に隠退したいと伝え、「渋柿」を引き受け手が

ない場合はこれぎり廃刊にすると重大な発言をした。集まった者はうかつに発言もできないので皆押し黙っていた。山冬子は「私と夏川女は、東洋城先生と郷里が同じ宇和島ということもあって、昔から先生との間に親子のような情愛の交流があった。それでも、私たちが上京以来、誌務を手伝ってみると、厳しくてうるさくて、並大抵の辛抱では勤まらないことだった。沈黙している私の頭の一隅では、引き受けたら何かにつけてうるさく干渉されて大変なことではあるまいかと考えていた」と思いは複雑であった。

帰宅後、山冬子夫妻は編集を引き受けるか否かについて深更まで話し合ったが結論がでず、ようやく寝ついたのは三時を過ぎていた。

このとき東洋城が滞在していた伊予の一畳庵は、社務所の広間の一隅を仕切ったものでごろりと横になれば一畳で足る面白い部屋であった。

生涯家らしい家を持たなかった東洋城が、はじめて下宿したのがどういうわけか赤坂の銭湯の二階、自分の部屋へ行くのに男湯か女湯の洗場を通り抜けねばならなかった。男湯は荒いので着物にはねるから女湯を通ることにしていた、とこれはのちに彼自身が笑いながら語った話である。続いて九段中坂の下宿望遠館、築地にはじめて借家をもったが、麴町平河町、牛込余丁町と変わり五十四歳のとき母が死亡すると、それからは品川区大崎、芝高輪南町などを転々とし、ひと間きりの間借りぐらし、そして自炊を続けていた。その間、冬は暖かい伊予、松山地方に、夏は軽井沢、伊香保、箱根、伊東の人家の離れなど借り、やはり気ままな自炊をしたり、旅先で俳諧道場を催したりして過ごすことが多かった。

「渋柿」の存廃の鍵を託されたかたちの山冬子は、一夜考えに考えた末、東洋城の申し出を受けるほかないと観念した。

帰京した山冬子は早速印刷所の交渉、編集、初校とあわただしく事を運んだが障害だらけであった。年が明けると一畳庵から東洋城が帰京、渋柿社のいっさいが山冬子の手に譲渡された。と言えば聞こえはいいが、同人発送名簿と渋柿社印と、「渋柿」の旧号だけで金銭に関するものは全くなかった。山冬子は持株を担保に銀行から融資を受けて印刷費の支払いに備えた。

「渋柿」が発行されると山冬子は妻の夏川女と二人で風呂敷包みを背負って郵便局に運んでいたが、発行部数がふえるにつれて風呂敷では無理になり、借りたリヤカーを彼が引き、夏川女が後押しをして局に運んだ。雪が一尺も降り積った二月には、リヤカーが動かず、下駄の緒を切った夏川女ははだしになって必死に後押しをした。その夜発熱した夏川女は重い風邪に罹り一か月も病床にあった。夫妻の苦労は発行部数の増加で報いられていったが、当初心配したように、喜舟の選句、選評、山冬子の発行所運営、編集方針のことごとくが東洋城の気に入らないらしかった。山冬子に対する師の情愛はいつしか冷たい仕打ちに変わっていったのである。山冬子と夏川女は自分たちの真情が東洋城に通じる日を信じ、互いに慰め合うほかなかった。

ここで読者はすでにお気付きかも知れない。いくら健康上の理由があるとはいえ、また俳壇など眼中にないにせよ、一年を旅に明け暮れ、行く先々で俳諧道場を催す古武士東洋城が、隠居とは辻褄の合わぬ話だ。この話の裏にはやはり、実は……といった話がかくされていたのである。

郷里宇和島と東京を往き来していた東洋城は、折から外国勤務のため出張中の「渋柿」同人某の夫人と関係を結び、帰国した夫にその事実が知れてしまった。激怒した夫は、宇和島の同人幹部と協議のうえ、その席に東洋城を呼び「渋柿」から即刻隠居するよう強談判に及んだ。一言もない東洋城はそこで、今までどおり表紙の四だけは自分のため使わせてもらいたいと頼み、独吟歌仙、俳句、雑文等をここへ掲載する同意をやっと得たのだった。

昭和二十九年七十六歳の一月、すなわち「隠居之辞」を発表して二年後、東洋城は芸術院会員となった。当時「俳句研究」の編集をしていた私は「松根東洋城特集」を企画し、通称目黒の火薬庫〈今日の自然教育植物園だったと思う〉の前に現在でもある鰻屋の裏あたりに東洋城を訪ねた。外見からすればかなり広大な屋敷だったと思うが、塀は破れ、門の瓦は落ち、玄関の戸も軋んで思うように動かず、案内を乞うと出て来たのは東洋城その人であった。女中ひとり雇っていない様子、通されたのは玄関の次の間で四畳半くらいの狭い部屋、空家の一間だけを借りているような感じといった方がわかりよいかも知れぬ。東洋城の座布団の周りは七輪、鍋、釜、野菜を入れた竹籠、缶詰、醤油、酢といったように右左と手を動かせば粥も炊け、野菜その他のおかずができる仕掛けになっていた。そして七輪の蔭から火吹竹がのぞいているのが印象的だった。

水洟や息の細りも火吹竹

　おぼろげな記憶であるが豆腐が一丁どんぶり鉢に浮いていたのも頭の隅にある。机におかれた原稿用紙、ペン、辞書などは別として、書籍へは起ち上がらねばならない。私はその書棚を背にしてすわらせられたわけだが、依頼原稿の枚数、締切り日を述べた短い時間に、いままでにいろいろの人たちから聞いた東洋城像と目の前の東洋城とはまったくちがっているのに気づいた。「俳句」に載った水原秋櫻子の追悼文に「帰途、安住敦君、石川桂郎君、それに本誌の塚崎良雄君を加えて話し合ったが、三君には城先生の怖さが徹底していないらしかった。先生は晩年実にやさしくなられたそうで、三君ともそのやさしい面にのみ接していたからである。秋元君と私とは、昔の怖い面に接し、それだけしか知らないのである」とあるが、事実、私は東洋城晩年のやさしい人柄しか知らなかった。たとえば知らずに煙草に火を点けてあたりを見廻したが、灰皿らしいものは一つもない。煙草をまっすぐ立てて灰の落ちるのを防ぎながら「恐れ入りますが……」と言うと、「灰皿なら君のうしろにある」。ふり返るとわれわれ貧乏人仲間でよく便所の手洗いに使う小さなバケツがあって、そこに灰が充たされていた。それが客用の灰皿だったのだ。原稿も締切り日も快諾があり、面倒なのかお茶は出なかったが帰りには門まで送り出してくれた。

やがて約束の日に原稿をもらい「先生のお写真を一枚いただきたいのですが」と申し上げると、「写真よりも面白いものがある、これをのせたまえ」そう言って石井柏亭だったと思う、東洋城の漫画像を渡された。いま手元にないが昭和二十九年ごろの「俳句研究」にその漫画が載っている筈、これは俗物の勘ぐりかも知れないが、柏亭が真面目に東洋城を描かなかったのは、鈴木三重吉がひどく東洋城を嫌い、漱石がそれをなだめている一文と思い合わせると、柏亭もどうやら東洋城にあまり好意を示さなかったのではないか。けれども東洋城はその漫画が大変なお気に入りだったのだから、やはり私の勘ちがいだったのだろう。

さて、印刷所から初校がでたのでその旨を電話で連絡した。校正についてこちらにお任せいただけるかどうかを問い合わせたわけであるが、すぐ届けてくれとの言葉に従い東洋城邸に馳せ参じた。ところがゲラ刷りを五十枚寄越せという。短い編集稼業にしてもゲラを五十枚刷れというような馬鹿気た話は執筆者から一度も受けた経験はない。そこで、

「五十枚というのはどういう意味なのですか。刷れとおっしゃれば、それはもちろん

刷りますが……」

「僕の原稿は消失その他の理由から門下の人たちに一応配っておく習慣になっておる」

　私は素直に五十枚のゲラ刷りを承知して社に帰った。

　印刷所の職人にいやな顔をされながら五十枚のゲラが出来たので、また電話で連絡すると、「僕のうちは寒いから目黒駅前の銀行の待合室へ、二時ごろ来ていて下さい。暖房がきいているからあったかいよ」というような返事があり、私は少し早目な時間を計って銀行に赴いた。五十枚のゲラに驚いた話を私はどこかに書いている筈だが、その文章の中に東洋城の着ていたマントの瀟洒に一驚したことも述べている。明らかにイギリス製のホームスパン、茶系を主とした大柄なチェック、スコットランドチェックといえばいいのだが、何種類かの茶を織り交ぜて模糊とした柄がなんとも美しく、それが長身痩軀な東洋城にぴったり似合うのだった。やや鷲ッ鼻が気になるが、その面長な容貌にやさしい目、若いころはさぞ美男子であったろうと思われる。武道の修業のせいか姿勢の正しさも目をひかずにはおかなかった。ゲラを渡したあと近くの喫茶店に誘われて紅茶と洋菓子のご馳走をうけた。紅茶にするかコーヒにするか一切不問、ご自分で勝手にウエートレスに注文するあたりまことに見事であった。

松根東洋城がこわい俳人であるという既成概念のまったくない私の応対がお気に召したのか、その後銀座並木通りにあったアメリカの密売食品を扱う会社の社長室から電話がきて、すぐ来いと誘われた。出かけてみるとスコッチ、肉の缶詰などを片っ端から切ってご馳走してくれる。社長と東洋城の間柄はどうやら昔俳句の師弟だったように想像され、東洋城はわがまま勝手にふるまって少しもおかしくなかった。


昭和三十三年、北陸、伊勢、山口に旅行、例年のように軽井沢に避暑、そのときパラチフスの疑いで逓信病院に隔離入院したが程なく退院した。その後も関西方面、蔵王、伊東、軽井沢、安芸へ何度も旅を重ね、足腰を病むようになってからも小旅行は欠かさなかった。

昭和三十九年八十六歳の新春に関西旅行から帰ると肺炎に罹り玉川病院へ入院、約一か月半の療養生活を送り退院した。そのころからあの姿勢のよかった東洋城の腰が曲がりはじめた。六月、心臓病のため国立大蔵病院に入院、一週間ほどで退院できたが、秋ふたたび心臓発作を起こして入院、十月二十八日午前二時三十分永眠した。

私は新聞で東洋城の死を知り、芝青松寺の告別式に列席、ここで水原秋櫻子、安住敦、「俳句」の編集者だった塚崎良雄と帰途を共にしたわけである。

宗匠俳句を文芸の俳句たらしめるべく正岡子規が俳句革新運動の上で、蕪村をとりあげたのは有名な話だ。そのとき東洋城はあくまで芭蕉の正風に還るべしとして終生芭蕉のあとを慕っている。今日われわれが芭蕉、芭蕉と口にするのとは大ちがいな時代だったのである。虚子は俳句を捨てて小説に走り、碧梧桐の新傾向運動の風が俳界をすさまじい勢いで吹きまくっていた。そういう時代に彼は万太郎、蛇笏、零余子、喜舟、迷堂らと共に酷烈な勉強会を持ちつづけたのである。しかも家を構えず、句集を持たず、俳壇に興味を示さず、きびしい姿勢を死ぬまで崩さなかったのは立派であった。

彼の遺骨は郷里宇和島の金剛山大隆寺に埋葬されている。本堂の南に面した谷深い裏道を歩いていくと、かすかに傾斜したその細道の途中右側、青杉垣でかこみ一段高くなったところに松根家累代の墓がある。墓地の正面に祖父図書夫妻の墓、東洋城の墓は入口近く、南の山に向かって祖父母の墓とむき合う位置にある。

松月院殿東洋城雲居士　　享年八十七。

おみくじの凶――尾崎放哉

昭和三十六年五月一日、「砂丘」主宰赤松柳史句碑除幕式に招かれて、はじめて小豆島に渡り、船着場の前にある「二十四の瞳」像を仰ぐと、そのころまだ舗装されない山道を車に揺られて銚子渓に辿り着いた。

当時、石の大きさにおいて日本一ときく除幕式は、天龍寺管長関牧翁の開眼の読経によって行なわれ、集まる者柳史門を加えて百余名、句碑を正面にする茶店で盛大な祝賀会も催されたが、その夜私たち四、五名は小豆島で最も古く当時のままの、いっそみすぼらしい旅籠《はたご》に着いた。ここは正岡子規も泊まって、寝小便をしたという小部屋も見せてもらい感銘深い一夜をすごした。そうして翌日、尾崎放哉《おざきほうさい》が晩年を送った南郷庵を拝見したのである。といっても、私は放哉に対する知識はほとんどなかったに等しい。当時の帝大出、どこやらの会社の重役、自ら妻子を捨て僧門に入り、乞食同様の生活を死ぬまで続けた自由律の天才俳人であり、これも何か雑誌で読んだ、南郷庵から俳句の仲間宛、一か月の豆腐代金借用の手紙を頭の隅に憶えていただけであった。私の記憶に間違いなければ、山の中腹を削り、整地したといった形の庵の庭に、私の愛誦する一句、

入れものが無い両手で受ける

が、なんのへんてつもない句碑と、それを守るように立つ赤松、その裏が南郷庵の縁に当たり古い障子が立てきってあった。小さな庵ではあるが、間取りのおもしろさ、周囲の閑寂と眺望の美しさに、私は暫時釘づけされる思いだった。私はフッと、冗談口ではなく、そばにいた柳史翁にむかって、

「もし、あたしがこの庵の守り役をさせて頂きたいようなことがあったら、許されるでしょうか」

と尋ねた。あまり唐突な質問に柳史翁は一瞬躊躇したようであるが、

「本気なら、なんとかなりましょう。ただしお経の一つや二つ覚えてもらわぬとね、それに酒びたりの相続のほうは本山が許しますまい……」

そんな意味の応えがあった。

私には酒びたりの相続の意味が分からず、それほど放哉に無知だったといえる。

さて、「風狂列伝」を書くに当たって、まっこうから反対したのは幡谷東吾である。放哉はほとんど書き尽くされているといってよいし、第一いまでは史料を手に入れる途が皆無に等しい、それは放哉を書いた著書のすべてが絶版ものであり、持っている人も気安く貸してはくれまい――からだという。幡谷東吾にやめよといわれてまず出鼻がくじけ、続いて彼の断言どおり放哉に関する著書が手にはいらない。なかば諦めるつもりで思いうかんだのが、目黒書店が倒産する最後の夜、コンクリート製の大囲炉裏で席を接し得た荻原井泉水の酷《きび》しい顔だった。思い切って体当たりしてみよう――そう思うと、一応鎌倉へ電話したのである。お目にかかれるところまで漕ぎつけたが、すでに心臓をやられていた私は、電車で鎌倉まで馳せ参じる体力がなく、実弟の車に同乗してやっとの思いで井泉水邸を訪ねた。しかし、放哉についていろいろとお尋ねし、それをテープに録音するため持参した大型のテープレコーダーは、補聴器も役立たず、筆談ならと仰言られると、まったく下地のない私には要領よく質問する言葉もでず、それならといわれて村尾草樹著『放哉』を拝借するのがやっとだった。しかも、無理をいって、入院中の幡谷からは『放哉書簡集』を借り得た。

放哉をとり上げるにあたり、彼の真価が発揮されるのは須磨寺時代以後であるから、それ以前の経歴にはごく簡単にふれておく。

明治十八年一月二十日、鳥取市に尾崎信三のただ一人の男児〈兄は放哉の生まれる前に死亡〉として生まれ秀雄と命名。他に姉並子六歳がいた。同三十年県立鳥取第一中学校に入学。後同窓の坂本四方太に私淑、梅史、芳水、梅の舎などの雅号で俳句、短歌を作る。同三十五年十八歳、中学卒。九月第一高等学校文科入学、一部の甲〈英語〉一組。二組に安倍能成、渡辺鉄蔵、藤村操がいて、一級上に荻原井泉水、阿部次郎、ボート部の仲間丸山鶴吉もいた。二年生になって一高俳句会に加わって句作、鳴雪・虚子・碧梧桐がこれを指導した。同三十九年同高卒、東京帝国大学法学部に入学。このころ本郷千駄木町の牛鍋屋「江知勝」の借家を二村光三、難波誠四郎、田辺隆二らと借りて住み、鉄耕塾と称し、門札をかかげた。相思相愛の従妹沢芳衛との結婚を申し入れたが、芳衛の兄は医学上の見地からいとこ同士の結婚に承諾を与えなかった。芳衛の一字をとり芳哉の号で句作していたが、これを機に芳を放つ意味で放哉と改める。同四十二年卒業。日本通信社に入社するも一か月ほどで退社。同四十四年、東洋生命保険東京本社員となる〈後、帝国生命に合併、戦後朝日生命に改称〉、この年坂根馨と結婚す。荻原井泉水「層雲」を創刊。大正三年同社大阪支店次長として赴任。翌四年本社に帰任、契約課長となる。同九年、同社を退社。大正十二年、難波誠四郎の世話で朝鮮火災海上保険会社の支配人として赴任。禁酒の約を破り退社、二度目の湿性肋膜炎を患い内地に引き揚げた。以後一灯園の生活を経て須磨寺時代に入る。

放哉が一高時代に覚えた酒は次第に量を増し、乱れ、それが彼に続きに続いた生涯であった。

放哉は明治三十八年三月、一高校友会雑誌の第百四十五号に三天坊の匿名で「俺の名」という文章を発表している。いまここに転載する余裕はないが、英国から帰国したばかりの夏目漱石が一高の教授になり、「吾輩は猫である」第一稿を「ホトトギス」に発表したのが同じ年の一月であり、その影響をうけて、放哉は自分を寮の廊下に吊られたランタンに仕立てて、寮生活を描いた。そして、その、ものの考え方は彼の一生、運命を暗示しているかのように論じられているが、私は押しつけがましい運命論で放哉を片付けたくない。放哉が井泉水を知り、友人として、後には師と仰いだのも、たまたま同じ一高にいて句会で顔を合わす偶然の出会いから始まったことだ。彼は初恋の美しい従妹沢芳衛〈放哉が帝大にいるころ、芳衛は目白の日本女子大に在学中だった〉への求婚に破れ、やはり日本女子大を出ている坂根馨と結婚したが、妻は婚前から二度目の手術によって子の産める体ではなかった。現代のわれわれの目に当てはめるのは無理というべきだろうが、どうして相思相愛の芳衛と子供をつくらぬくらいの条件を押し通して結ばれなかったか、現に馨には子供がなかった。しかも万一放哉に子供があったら、家庭を抛りだして、一灯園以後の孤独な生活にはいる勇気をもち得たかどうか、はなはだあやしい。それは彼が馨を愛し、小豆島に暮らすようになってからも一方通行の手紙をいくども出していた事実によってもわかるし、妻にも友人にも一種優柔不断ともいえそうな裏返しの甘えの窺える、いわばし〻〻〻まらない男と考えられなくもないからである。

放哉は一高時代におぼえた酒、その酒量のかさむにつれて多くの逸話を残しているが、それくらいの脱線ぶりなら私の周囲にも掃いて捨てるほどの仲間がいて、読みながら正直、私はあくびのでるほど退屈した。つまりはどんな伝記を読んでも、当人の放哉しか知らない生き方の部分がありすぎると思われるのである。

大正十二年十一月大連より乗船、内地に引きあげた放哉は、長崎の従弟宮崎義雄方に寄寓した。このとき彼は、かねてより念願していた隠遁生活にはいる決心を妻に打ちあける。妻は観念したように黙って頷き「私はここに残ってなんとか一人で生活します」と取り乱した様子をみせなかった。

十一月二十三日、妻と別れた放哉は、西田天香をたよって京都市左京区鹿ヶ谷の一灯園にはいる。一灯園は毎朝五時に起きて一時間読経した後、園を出て下座奉仕の労働につくことを日課とする。労働は、草むしり、障子貼り、大掃除、引越しの手伝い、薪割り、炭切り、広告配り、便所掃除、米屋の荷車を引くこともある。仕事に行った先で食事を頂き、一日働いて帰園、また一時間読経して就寝した。園は寒中でも雨戸がなく、火鉢もなく、障子をしめ切っただけの部屋である。また奉仕の仕事であるから、力仕事がほとんどで、放哉のように中年の者はたいてい一日で逃げだした。こうした容赦ない生活に脆弱な彼の体が耐えていることは意外であった。やがて放哉は下座奉仕のざんげ生活に疑いの目を向けるようになる。一灯園の下座とは所詮、彼の厭う世俗へ理没することにほかならない、それができるくらいならわざわざ彼は一灯園にとび込みはしない。いつしか彼はあまり口をきかずにすむ寺の托鉢を好んで選ぶようになり、周囲の反感を買った。

こうした時、放哉の憂さをほぐしてくれるものはやはり酒であった。無一文の彼は酒が欲しくなると、荒縄で腰をくくった異形の僧形で大阪東洋生命支社に現われ、かつての同僚や部下の名を威丈高に呼んでは酒代をおどし取った。ある日泥酔した彼の耳に、妻馨が大阪東洋紡績四貫島工場の寮母をしていると教える者がいた。長崎にいるとばかり思いこんでいた妻が、目と鼻先の大阪に来ていようとは……彼は足を宙に妻のいる大阪へとんで行った。

それからの放哉は、洗濯物を抱えては妻の寮を訪れるようになる。三十歳なかばの妻はまだ二十歳にしか見えないほどあどけなく、おっとりしていた。放哉は一灯園に失望したこと、山奥のしずかな寺の堂守がしたいことなど心のうちを妻に打ちあけた。妻は遠いところをみるような潤んだ目でたのしげに「ねえ、待ってらっしゃいよ。昔のようにあなたは大きな会社の重役さん、それから二人は人力車にのって……きっとそういう日がまたくるわ」

　放哉は死ぬまでついに妻のことを語らなかった。どんなに心を許した友人であろうと「妻とは筑紫で別れたきり無期限の音信不通になっている」としか答えていない。一灯園時代に妻と会っていたこと、小豆島の庵から妻にあてた手紙をだしていたこと、馨からの返信は一通もなかったこと、これらの事実を放哉はなぜ師井泉水にまで匿さねばならなかったのか、あるがままを愛した放哉の一生にもさきに触れたように闇にすっぽりつつまれた大きな謎の部分がある。

　大正十三年六月一日、放哉は園が機縁で知り合った住田蓮車の世話で一灯園から須磨寺へ移る。見送りは住田のほか平岡、木暮の友人だった。昼食を共にした後、平岡と木暮に別れ、彼は住田に送られて京都駅へでる。わずかの別れの酒に酔った放哉は、泣きながら住田の手を握りしめどうしても離さない。住田は放哉が「一緒に死んで下さい」と手を握りしめたある日の出来ごとをそのとき思いだした。天下茶屋まで見送り住田は放哉と別れる。

　須磨寺は神戸市郊外の鉢伏山の麓にある真言宗の名刹で、宝物の平敦盛の遺品青葉の笛が有名である。彼の新しい仕事は本堂の並びにある大師堂の堂守であった。受付でおみくじを引かせたり、蠟燭、線香、絵はがきを売る仕事のほかにときどき蠟燭をあげに立ち上がり鉦《かね》を叩くのが主な務めだった。

雨の傘たてかけておみくじをひく
一日物云はず蝶の影さす

夏の参詣人はまばらで、雨のふる日はほとんど人影がない。寺には台所の婆さん五人、年老いた下男が五人、いたずら盛りの小僧が五人、それぞれたいてい食い物のことで喧嘩をしているか、他愛なくねむりこけたりしている。

赤いたすきをかけて台所がせまい

受付が暇なとき放哉は、戒名を書くちび筆を手にせっせと友人に手紙を書いた。そして寺の障子紙がこっそり便箋になったり封筒に化けたりした。

（略）一杯枝豆かなんかで、キューとやって見たい気が、近来モヤ〳〵してるんですがね、此《こ》の悪銭三合位のめる材料……（茲《ここ》で大いに困るんですがね）……なんとか捻出できませんか、メッタには申上げません（時々申上げる）若《も》しここでアナタが「ハハ……」とお笑いなすったら「しめたもんだ」と待ってゐます。呵々《かか》。マルデ、今日の手紙は何といふテイタラクです。お許し下さい。　敬具

八月三十一日　　　　　　　　　　　　　　放哉

住田　蓮車様

手紙を受けた住田や友人から風呂代、煙草代、郵便切手代、酒代、袷、腹巻、毛布など雑多なものが送られてきた。放哉は手紙でよく物をねだったが、それは、贅沢で、気まぐれで、わがままな昔の放哉ではなく、赤ン坊が物をねだるような、あるがままの無邪気な放哉と考えたい。

鐘ついて去る鐘の余韻の中

すでにあかつき仏前に米こぼれあり

人をそしる心をすて豆の皮むく

蟬時雨と松風に明け暮れる須磨寺は、一灯園の奉仕生活に疲れ切った彼にはじめて安らぎを与えてくれる。が、絶対の菜食を守るこの寺の食事はあまりにも粗末であった。麦六分に米四分の御飯に、朝は少量の漬物、昼は天井のうつるような味噌汁、夕べは供物のお下がりの大根やにんじんや昆布をごった煮した菜、いつもそれしか出なかった。放哉は「金持の隠居がまずい物を食っている」つもりになって箸を動かしたが、心なしか視力が衰えているような気がした。

受付でぼんやりしているとき、放哉は松阪の牛肉や東京のうなぎ屋竹葉、神田川、霊岸島の大黒屋などに思いをめぐらした。

静かすぎる須磨寺も月一回二十一日のお大師さまの日がくると、目のまわる忙しさである。特に八月二十一日の盆大師には、前夜からぶっ通しに人々がつめかけ、文字どおりの徹夜になった。体力の弱った彼は、徹夜の疲れが回復するのに何日もかかった。

盆大師がすぎると蟬時雨の波がひき、裏山の法師蟬がわずかに声をふらすだけになる。放哉は一年で秋がいちばん好きだった。「虫の音が庭の草原一面に浮き上る中で、膝を抱えこんで首をうずめ」いつまでも黙っているのが好きであった。彼にとって

「シャベル事は蛇足」であり、もしかすると「俳句とは黙っていること」かも知れないと考えることすらある。

昼ふかぶか木魚ふいてやるはげてゐる
仏にひまをもらつて洗濯してゐる
酔のさめかけの星が出てゐる
こんなよい月を一人で見て寝る
淋しいぞ一人五本のゆびを開いて見る

大正十四年の正月を迎えた。放哉は住田からもらった新しいヒッパリを晴着に、たったひとりの元日である。十五日には本堂番が正月休みで大阪に帰ってしまい、その留守番をたのまれる。「宝物拝観は五銭で出来まァす」「拝観は只今おつれがありまァす」と大声を張り上げて善男善女に呼びかける図は、到底女房にはみせられない。「往き来の人を枯木とぞ見る」……なにやら放哉はぶつぶつ呟く風であった。
本堂守が戻ると寺はいつもの閑寂にかえった。彼は作句を浄行とも大俗の行とも呼び、禅の修行も句三昧も同じことに考えていた。句の上達は熱心、熱心、ただ熱心あるのみとは放哉の口癖であった。生活のかざりをかなぐり捨ててみると、五七五の有季定型には、まだまだ捨てねばならぬかざりが目につくのである。このころ「層雲」に投じた彼の句が巻頭を占め三十四句入選した。

冬になると堂守の生活は冷え症の放哉にこたえ、立ったり坐ったりの蠟燭立ての仕事は、左腰のセンキの筋が吊って不自由であった。それでも彼は須磨寺の生活を放哉仏のための浄土と心得て、「ただ黙って座っている」暮らしを感謝した。

小さい火鉢でこの冬を越さうとする
漬物桶に塩ふれと母は産んだか
犬よちぎれるほど尾をふつてくれる

ところが三月になると予期せぬ寺の紛争にまきこまれ、彼は約十か月をすごした思い出の地須磨をあとにする。

一灯園に戻った彼に、うまい具合に寺男の仕事が舞いこんだ。園の宣伝冊子「光」を編集する人が毎年若狭の常高寺に托鉢に行っていたのに、この年は都合わるくて行けず、放哉が代わりに出かけることになったのである。若狭小浜町の常高寺は、淀君の妹栄昌尼が夫の没後開基した由緒ある禅寺だった。

五月十四日、放哉は常高寺に着く。海の見える静かな寺は彼の希望にぴったりであった。が、彼を待ちかまえていた和尚は徹底した吝嗇家で、米や炭や味噌の使う量までうるさく目を光らせる坊主だった。足が悪いため庫裡の中でも杖を曳き、放哉がちょっとでも息抜きしようものなら、近づいてきて「一日為さざれば一日喰わず」とひとり言をきかせた。

遠くへ返事して朝の味噌をすつて居る
時計が動いてゐる寺の荒れてゐる

また和尚自身口八丁手八丁のこま鼠のようにまめな男でもあった。吝嗇和尚の監視する食事は、須磨寺の粗食がなつかしくなるくらいひどいもので、筍の季節には、寺の竹藪の筍を掘っては朝昼晩の主食にした。働きずくめで腹がすくから放哉はたっぷり筍をたべる。腹の中に竹藪ができやしないかと心配になるほど筍ずくめの毎日であった。和尚の吝嗇ぶりに腹を立てた末寺が団結して、和尚の悪行や不徳の数々を本山に訴え出たため紛争が起き、またしても放哉は五十日余りにして若狭を去ることになる。

常高寺をでた放哉の足は、いつしか京都東山の麓、剣宮境内に仮寓する井泉水居にむいていた。泥酔して托鉢先の常照院の和尚を怒らしたときも、井泉水は詫びに行ってくれている。

紺の筒袖に浅黄色の風呂敷一つを抱えた放哉が門に立つと、井泉水はあたたかく迎えてくれたうえ、一人用の蚊帳の中に布団を半分あけて泊めてくれた。大きな屋敷を想像していた放哉は家の手狭なのにおどろいた。井泉水は母を妻を子を相ついで亡くし、ひとりひっそりと暮らしていたのである。

山ほど積る話を放哉が語り、井泉水はにこやかに言葉少なに頷くだけだった。

井泉水居で数日をすごした彼は、井泉水の計らいで常照院をたずね、三哲の龍岸寺を紹介してもらう。相変わらず彼の希望は「静かな寺で庵のようなものを留守番する、そして海のみえる所」であった。希望を頑として変えないのは、そこを死場所としたいねがいからだった。

けれども龍岸寺もまた、放哉の安らぎの地とはならず、七月末、和尚のくれた三円の餞別をふところに、ふたたび井泉水居に戻ってくる。なんとなく足が向いてやってきたものの、彼はけっしてこのままころがり込むつもりはなかった。もう日本中の寺という寺は廻ってしまったような虚しさに放哉は疲れきっていたのである。一日でも二日でもいい、井泉水のひろい胸の中で安心して身を横たえていたかった。それからあとはいっそ台湾へ行こう、台湾なら彼をしずかに死なせてくれる寺があるかも知れない——。

しかし、井泉水は台湾へ行くと言い出した放哉をなだめ、小豆島に「層雲」の同人井上一二という素封家のいることを告げた。小豆島なら四国八十八か所の霊場があるし、庵もたくさんある、一つぐらい放哉の入る庵があいているかも知れないというのである。

オリーブの花咲く暖かい島、信仰あつい素朴な人情、澄んだ空とまっ青な海、美しい浜辺の松、ふりそそぐ明るい日矢、お遍路の杖の音、これこそ放哉が夢にまでねがった極楽ではなかったか、彼の心は有頂天となりすでに小豆島へと駆けていた。

ところが、待ちに待つ井上一二の返事がいつまで経っても届かない。井泉水は近く北越の旅に出ることになっており、その前にどうしても小豆島の話をきめてしまわねばならなかった。彼ははやる心を抑えきれず、こちらから井上一二をたずねることにした。行動を起こせば道はおのずからひらかれると思ったのである。

八月十一日、井泉水は同人を二、三招き、別れの宴をはってくれた。それまで意見がましいことを一つも言わなかった井泉水が、はじめて「島に渡ったら固く禁酒するんだね」ときびしい顔付になった。そして放哉に乞われるまま白扇に、

あすからは禁酒の酒がこぼれる

と揮毫した。

翌日の夜十時半、放哉は井泉水に見送られて七条駅を発った。風呂敷包みの中には井泉水にもらった浴衣二枚、猿又、ちり紙、手帳、封筒、それから井泉水から一二に

宛てた添書が大切にしまってある。

十三日、土庄港に着き、土渕港という小さな入江に渡った放哉は、渕崎村の一二宅をまっすぐ訪れた。それはちょうど一二が打った電報の「あいた庵がないからしばらく来島を見合わすように」と行きちがいであった。井泉水にたのまれた一二は、同じ島の俳人で第五十八番札所西光寺の和尚杉本玄々子に相談したのであるが、何とか食べて行けそうな庵にはすでに人が入っていること、放哉の酒癖に責任をもちかねることと、の二つの理由で先の電報となったのである。そうはいっても当人はもう一二の家に来てしまっていた。それに小豆島が駄目なら台湾に行くという彼を捨てておくこともできなかった。そして何よりも井泉水の放哉を思う心に胸打たれるものがあった。

いっぽう放哉は、すっかり台湾落ちの肚をきめ、井泉水に旅費の工面などたのむ手紙を書き「一二宅にて作句して遊ばしていただいて居る間が極楽と存じ申候」と意外に明るい表情だった。

玄々子和尚から一二に電話で「庵が一つあくかも知れない」と吉報がとどき、八月二十日ついに放哉は小さな庵の主となる。それは王子山蓮華院西光寺奥の院南郷庵で、土地の人々が「みなんごァん」と呼んでいるわずかなお賽銭のほかこれといった収入のない庵である。

庵の間取りは、入口に一間の重い障子、中にはいると中央に本尊の三手千眼観世音菩薩、左右にお大師さまと子安地蔵をまつる六畳の仏間、つづいて荒壁に半間四方の窓をくりぬいた八畳の居間、その奥に二畳の畳と一畳ばかりの板の間、二尺幅の窮屈な土間には竈が据えてあり、西南に開けた七十坪ぐらいの庭に大きな松が一本、東南はみな塞がっていてそこに小窓が一つあるきりだが、窓からみえる人家、塩田、野菜畑などがだんだん低くなり、一丁ばかり先の海が細くみえていた。

彼は庵を一目みて「オ大師サンノオ掃除ト、朝夕ノオ光リトヲアゲ、ソシテ俳句ヲ作ラセテモラッテ……此庵ハ出マイト決シタ」のだった。それほど気に入って入庵したにもかかわらず、この庵の収入が本当にお遍路の時期にしかなく、それも全収入が約百円（お金に換算して）その中から蠟燭代、線香代など引くと、手元に残るのはせいぜい五十円と知らされると、彼はたちまち酒のとりこになった。自棄酒で泥酔したあと、浜で遊んでいた漁師の子供四、五人に舟を漕がせ、舟の上でも大いに酒を浴びてしまったのである。「明日から禁酒」の誓いはこうして一ト月たらずで破れた。井泉水宛の手紙の中で彼は「春迄辛棒《（ママ）》して居れば、ハヽヽ、ソレカラ一年中の食費は十分ある、ソレデ、夫婦でヤッテル人も島ニハタクサン有る」と井上一二氏に言われていたのでつい……と弁解している。そのことがあってから「積極的ニ死ヲ求メルカ、消極的にジットシテ、安定シテ居テ死ノ到来ヲマッテ居ルカ……」と放哉は苦しみ、結局のところ消極的に死を待つしか道はなかったのである。即ちこれからは、月五円足らずで、日にして十四銭の生活を実行に移し徹底することであった。

一日に焼米一合食べるとして、白米一升五十銭で一か月三升、月に米代だけで一円五十銭必要だった。かくて放哉の「土瓶の水を口飲みしては焼米ボリボリ、水ガブガブ」の生活がはじまるのである。煙草も安い刻みのアヤメに変えてしまい、豆や甘藷や調味料は一二と西光寺の和尚を当てにした。半丁三銭五厘の豆腐〈朝たべると二時まで腹がもつ〉や切手代などの雑費はどうまかなうか、来年四月のお遍路の日まで、月々五円の援助はどう考えても井泉水に面倒をかけるしかなさそうである。島に着くとすぐ井泉水は三十五円送ってくれたが、それは入庵に必要な茶碗や鍋、米、炭などを買うとあらかた消えてしまった。

足 の う ら 洗 へ ば 白 く な る

風音ばかりのなかの水汲む

水を呑んでは小便しに出る雑草

入庵したと思ったらいつの間にか肌寒い秋を迎えていた。忘れていた腰のセンキの筋がまた痛みだす季節である。彼は風呂敷包から浴衣をとりだし、着ている浴衣の上に重ねた。庭掃除が済むと一日中部屋にとじこもったまま、仏にお光りをあげ「般若心経」や「観音経」を読経し、そうでないときはぼんやりふところ手をして坐り、細い柱によりかかっているか、机に向かって俳句を作っているかどちらかだった。退屈すればごろりと横になり、眠るでもなし、眠らぬでもなし、ボーッと一日がすぎていった。

畳を歩く雀《すずめ》の足音を知って居る

海が少し見える小さい窓一つもつ

無言独居の焼米生活が相変わらずつづいた。「層雲」に放哉を後援する会ができたが、さてとなると思うように金があつまらないらしい。しかし、井泉水は月々五円の送金をきちんと実行してくれた。同じころ西光寺の和尚が出張するからと、その留守中を気づかって十円届けてくれた。彼は丁重にこれを返している。ただ黙って坐っていることができれば、それが今の放哉に「安定」と呼んでよい生活であった。

あけがたとろりとした時の夢であつたよ

一人でそば刈ってしまった

十月の島は様相を一変し、くる日もくる日も雨風が小止《こや》みなく吹き荒れ、海に向く八畳の窓から砂利まじりの風が激しい音を立てて吹き込み、塀の倒れる音や木の枝の折れる音がきこえた。放哉は何となく体のだるい日が続き、風邪で寝込んだ。満州で二度も肋膜を患った体は、いったん風邪をひくといつまでも抜けなかった。

お粥煮えてくる音の鍋ふた

朝月嵐となる

このときまたまた自棄酒をひっかけた彼は二日間飲みつづけた挙句、三、四軒の料亭のツケを西光寺に廻している。

くるりと剃つてしまつた寒ン空
嵐が落ちた夜の白湯《さゆ》を呑んでゐる

十一月が過ぎ十二月になっても放哉の風邪はいっこうなおらず、かえって咳がひどくなった。顎にも鼻の下にも不精髭が生え、三か月も風呂に入らぬ両手が垢でまっ黒である。「層雲」の内島北朗が庵を訪ねてきたとき、あまり汚ならしい放哉坊主にあきれ返って言った。

「いくら女に近づく必要がないとはいえ……いま少し洗え洗え」

「足のうら洗えば白くなる……は足ではなく手ですな」

放哉も調子をあわせて笑った。

年が押しつまると、タドン代一円五十銭、豆腐代一円五十銭、しめて三円の支払いに迫られ、彼はせっせと友人に濁財を乞う手紙を書いた。島は八月と十二月の年二回払いがきいたのである。

死にもしないで風邪ひいてゐる
枯枝ほきほき折るによし
墓のうらに廻る

窓や壁の隙間から吹きこむ風がひどく、放哉は一日中布団にもぐっている日が多くなった。火をおこすこともできず、じっと布団の中にちぢかんでいて、時々枕元においた焼米をかじり、土瓶の水を飲むだけである。

咳をしても一人
夜なべが始まる河音

松の木をゆすり、屋根をむしり、窓にぶつかる風が終日荒れ狂い、昼間でも部屋の中はまっくらだった。そんな中で彼は窓の明りをたよりに臥床五十句をまとめた。うつらうつらしている時は、昔たべた大阪の昆布の駄菓子、高松の瓦せんべい、缶入りのスリーカースルなどが思い出され無性に恋しくなった。

大正十五年の正月を迎えた放哉は、数え年四十三の厄年である。咳はますます激しくなり夜になると胃腸を揉み何回も嘔吐した。掃除に外へでることもなくなった。

あすは元日が来る仏とわたくし

窓まで這つて来た顔出して青草

腰の抜けてしまった放哉を、裏のおシゲ婆さんが暇をみては世話してくれるようになったのは何よりであった。

婆さんが寒夜の針箱おいて去んでる

一月二十日は放哉の誕生日である。彼は台所まで這って行き、おシゲ婆さんのくれた油揚二枚を刻み、油揚御飯を作って誕生日を祝った。

一枚の舌を出して医者に見せる

風邪だと思っていた放哉の病気は、島の医師の診断で、癒着性肋膜炎後に来る肺労〈肺が非常に弱っている〉と喉頭結核の合併症とわかる。十六円の薬代を借金している彼は、もうこれ以上島の医師にかかることはできず、井泉水の世話で薬は今後、神戸の「層雲」同人山口旅人医師が無料で送ってくれることになった。

二月十三日は小豆島の旧正月だった。西光寺から小さな箱に詰めたおせち料理と酒が届き、庵は久しぶりに華やぐ。よじれたえり巻と膝がぬけて綿のはみでた銘仙の丹前姿で、彼は火鉢にもち網をのせ、酒の茶碗を置くと、久しぶりの火燗をたのしんだ。十四貫から十貫に減ってしまった彼の落ち窪んだ眼だけがやけに光って見える。昨日から吹きはじめた烈風のため、台所の汲み置き水はすっかり氷ってしまい、小豆島を暖冬の地とみくびっていた放哉はすっかり脅えてしまった。ともかくも読経と句三昧で病気とたたかい、一刻も早くあたたかい春を迎えたいとねがった。

三月早々、旅人医師が体温計を送ってきた。一日六回検温し報告せよとのきつい手紙が添えてある。放哉は仕方なく体温計を腋《わき》にはさんだが、腕にも胸にも肉のない体では、いくら体温計をはさんでもころりと落ちてしまう。手で押えて無理に計ってみると三十八度八分あった。

肉がやせてくる太い骨である
一つの湯呑を置いてむせてゐる
切られる花を病人見てゐる
すつかり病人になつて柳の糸がふかれる

花の好きな放哉は、梅や桃の花の咲く日をひたすら待った。しかし、土庄付近は塩風がきついせいか、ついに花をみることができなかった。山奥から花売りが降りてきた日、彼はおシゲ婆さんにたのんで、切り花の椿と水仙と猫柳を買い、床柱にさしてもらった。なかでも彼は猫柳の和《なご》やかなひかりがすきで、いつまで見ても見飽きなかった。

三月中旬になると咽喉がはれて痛みがひどく、一日茶碗二杯の粥が思うようにのみこめなくなる。

どっさり春の終りの雪ふり

三月二十二日島に大雪がふった。これで冬が終わると放哉の心は弾んでいた。春はたしかにそこまでやってきている。南郷庵のことなら草も木も葉蔭の虫のことも石の一つ一つまで知りつくしている彼だった。早く快くなって陽炎を踏みながら庵のぐるりを歩いてみたい。

春の山のうしろから烟が出だした

死の二日前の四月五日、放哉は次のような葉書を井泉水宛に書く。

西光寺サン電報の件……気休メニ一軒知ラシテオキマシタ、（親類の名ヲ）……乞御安心。

（アンタニハ、私ガコロリト参ッタラ土カケテモラウ事ダケ、タノンデ有リマス）ト西光寺サンニ申シテオキマシタ。

□□親類ト云ウ名ヲ……キイテモ、イヤニナル呵々……中々、マダ死ニマセンヨ〳〵。

四月七日、放哉はおシゲ婆さんに体を起こしてもらい、庭を眺めていたが、すぐに疲れたからとまた寝かせてもらった。しばらくしてから「婆さん、庭が見たいから起こしてくれ」とたのみ「寝かせてくれ」と言った。同じことをいくどもくり返す放哉の様子がいつもとちがっていた。やがて彼は「いま何時ごろか」とたずねた。庵に時計がないのでおシゲ婆さんは「もうじき電灯がつくころですよ」と答えたが、もう放哉の耳に婆さんの声がきこえなかった。みひらいた彼の眼に深い深い闇がみえているきりである。

夜八時半、彼はおシゲ婆さん夫婦に看られながら息を引きとった。

大空放哉居士　　享年四十二。

水に映らぬ影法師——相良万吉

大正二年、私が四歳のころから約五年間オナキノカンコ〈いま考えるとコは熊公、ハチ公などの呼び名で、子供心にコと覚えていたのかも知れない〉という夫婦乞食が十日に一度くらい店前に立った。たしかなことではないが品川あたりに住み、軒並商店ばかりを目当てに物乞いしている。というのも品川から私の住む三田までは、小早川子爵邸にはじまり、シーメンス事件で有名な山本権兵衛、財部毅、大石内蔵助ほかがあずけられた細川邸、華頂宮邸、初代日本鋼管社長白石元次郎、その岳父浅野セメント初代総一郎邸、当時すでに電気自動車を持った東京電気社長邸、名刹、などが並び、商家は魚籃坂はじめ数軒しかないので乞食が銭を乞う場所はほとんどない。絆創膏を貼った破れ三味線を女房が引っ掻き、亭主は何を言っているのか聞きとれない言葉で唄をうたう、その声がしょっぴてからしまいまで泣き声、いや泣きっ放しというところからオナキノカンコの名がついたものらしい。源氏店の蝙蝠安ではないが、亭主は女ものの着物を端折って紐で結ぶのも看板であった。金をくれない店の前は素通りして、いわゆるお得意さまだけを歩くのである。

ところが、夫婦のどっちが先に死んだのかぱったり姿を見せなくなった。二人のコンビで成り立つ乞食だから、それは当然といえようが、おかしな噂が伝わってきた。この噂の元はオナキノカンコのそばに住んでいた男から出たことで信憑性のあるものだった。乞食夫婦は一人息子を五反田あたりのアパートに住まわせ、学費を送り、一中、一高、帝大、いわゆるエリートコースを卒業させていたのである。しかも、二人が死んだあと現在の金額にして五百万円近い郵便預金があったという。

またこんな話もある。芸者ひとりいず、もちろん今日のようなパチンコ屋、ストリップ劇場もないある山奥の湯治場で、退屈した客が「芸者でなくてもいい、土地の民謡くらいうたってくれる女はいないか」と女中にたずねた。困った女中が「一人近くに馬鹿《ばか》がおります。そんなものでもよろしかったらちょっと面白いから、呼んでごらんになってはいかがですか」

これは私の書き言葉で、おそらく女中さんの言葉はズーズー弁か何かで半分客に通じたかどうかもあやしい。とにかく客はその馬鹿と呼ばれる男を退屈まぎれに呼んだ。

傍にいる女中が、

「十円玉でも五十円玉でも結構です、その隣りへ一円玉を並べてごらんなさい」

とだけ言った。

客は言われるままに百円玉と一円玉を並べてみた。するとその馬鹿は両方のお金に指を互い違いに出しながら、やがてにやにや笑い一円玉を素早くかすめとった。不思議に思った客は四、五回試してみたようであるが、ある時は百円玉をとりあげしばらく眺めているうちに、それを放り出して結局一円玉をとって帰ったという。

この男の話にも死ぬ前に落ちがある。男を看取った宿屋の主人が、

「お前さんは、随分長い間お客をゼニ取りで楽しませたが、本当に十円、一円と一銭の値打ちがわからなかったのか」

と問いただすと、

「一円、十円と一銭玉のちがいぐらいは食い物を買ってくらしてきた私には、ちゃんとわかっております。ただ、一度でも欲しい百円玉をとったら、名物の馬鹿がなくな

ります。女中さんもあたしを呼んでくれなくなるでしょう、そうなれば今日まで生きてはこられませんでした……」

この二つの話だけで、乞食とはそういうものときめつけるわけではないが、乞食と坊主は三日やったらやめられない〈読者に僧侶がおられたらごめん下さい〉という諺があるように、どうも私は乞食にあまり信用がおけないのである。

霜の夜の夢も乞食でありにけり
乞食なりけり乞食の春を惜しみけり
照りつけて乞食地獄の夏が来ぬ
夕立に濡れて乾いて乞食なり
乞食《こつ》の泪の煮ゆる暑さとも

昭和三十年一月号俳誌「風花」に掲載された安住敦の随筆「今日の米」の中に、ある所用があって銀座へ出たついでに、ぼくはふと想ひ出して、その男がよくゐるといふ数寄屋橋畔ニュートウキョウの前へ廻ってみた。すでに冬の日も昏れてゐて、それらしい姿は見えなかった。歳末に近く、徒らに人通りだけが繁かった。ぼくはその足で、近くの新聞社に友人を尋ねた。実は君のいふ乞食俳人を見ようと思ってやって来たんだけれどね、生憎ゐなかったよと、ぼくは言った。それは惜しいことをした、たしか今しがたまでゐたんだがねと、友人は答へた。なかなか如才がないぜ、今日は年の暮の俳句が書いてあったよ……。

それは、

名を秘めて受ける情や年の暮

といふ句だったやうである。（この句、ぼくのきゝちがひがあるかも知れぬ。）

ぼくは、この句をきいてふと不愉快な気分に捉へられた。最初、「しぐるゝや」の句をきいたときのやうな共感はたうてい得られなかったのである。何故だらう。もちろん、句の出来からいっても月並に近いし、「米の袋に今日の米」には及ばない。が、それだけではない。この作者（とあへて言はう）の、俳句といふものに対する根本的な考へ方に不満があるのである。彼が、何ら生産的な仕事に携はることに努力しないで、人の情を受けて生きてゐるといふこと、今はそれは問ふまい、またそれを言ふ資格がぼくにあるといふものでもない。彼には彼なりの事情も苦悩もあるのであらう。たゞそのやうな、いはゞ敗惨落伍の生活の中にあって、果して彼はどのやうな気持ちで俳句をつくってゐるのであらうか。俳句は、そのやうな生活をつゞけながらも、わづかに己れを見喪ふまいとする心の灯であるべきだ。せめて彼の生甲斐であるべきだ。日一日、巷に物を乞うてさまよった彼が、辛うじて得た「今日の米」をよろこびほの暗い街灯のあかりをたよりに、ちびた鉛筆をなめなめ誌す俳句であるならばぼくは尊しとしよう。しかるに、彼は、その俳句を、墨痕淋漓と書き流して人に誇示してゐはしまいか、商売道具に用ゐてゐはしまいか……。強ひて言へば彼は、その少しばかり得意とする俳句をおのが売り物にして巷に立ち、物見高い都人の関心を期待し、あはよくは、物好きなジャーナリズムに乗ることをでも念ってゐるのではあるまいか。

……そんなことを考へながら、ぼくは友人と別れると、すでにすっかり夜となった町に出たことであった。

橋の畔などでよく見かける乞食が、生まれながらにしての盲目、戦争によって失明したなど履歴を書いた紙を、人目につくよう坐った筵の前にさらしたのを見るのはザラだったが、相良万吉《さがらまんきち》も木の枠を作って自分の学歴その他を誇示していて、その点並みの乞食と何ら変わりはない。前述の安住敦の不満と同様なものを私もつよく感じるのである。後に、その間の事情をはっきり述べるつもりであるが、オナキノカンコや温泉場の馬鹿とは全くちがった俳人の人格を想像していた私は、ここですっかり裏切られたような気持ちになった。

昭和三十三年「俳句」二月号で安住敦は連載の「希望訪問」に再び相良万吉をとりあげているが、いまその号は私の手元になく、相良万吉から安住敦宛書簡を拝借しているので次のごとく掲載する。


　万吉ずるいぞ！の御言葉とともに「俳句」二月号の御恵投忝《かたじけな》く。

　君は僕の「数寄屋橋木枯に待つ恋ならば」を作為の句として貶《けな》すけれど。まだまだ今月号のAの犬の句より況《ま》しではないでせうか。俳句の伝統で己れの肉情を押し蔽《かく》して猫の恋を唄ひ犬の発情を歌ふ。

　こひねがはくは、日本の青年俳句人、そんな偽善的な生活態度をやめろ。

　　寒の恋紙の買へない夜もありぬ
　とり敢へず新聞紙を以て用を足すべし。

あなたは、私が好んで怠けて俳句乞食をしてゐるやうに印象したやうですが、今を時めく青野季吉と喧嘩、平林たい子、小堀甚二を除名し、伊藤永之介、鶴田知也らと決裂して行った私にジャーナリズムの世界で私に与へられる職がありませうか。ペンキ屋となって九州の山奥の町から上京して女房のアパートから追出された。その時、角川書店にも原稿料五万円を貸してあるといふI君（共産党員）の軽井沢別荘に訪ねて行ったら、散々、下男仕事をさせられて、おしまひに迫ひ出された。それでも私には四肢の健康ありて働いたものです。朝鮮に送る鉄橋など赤ペンキに塗って。

目明き千人めくら千人。自選の能力もなくて路傍に俳句――乞食俳句を掲げる己の無能力を知らないものでもありません。ただ言はんとするところは。山本健吉君の所謂。発句とは挨拶であり滑稽とは。乞食にとっては自嘲の歌でありました。

鬼は外乞食は内か豆を撒く

一月卅一日

相良万吉は明治三十三年、大分県日田《ひた》市付近の農村に生まれ、大正九年に小倉中学から一高文科乙類ドイツ語の組に入学した。同級生にはドイツ文学の竹山道雄、自民党の代議士床次徳二、文科丙類フランス語の級には、東大教授仏文学者の市原豊太、東京地裁所長の石田和外〈のち最高裁長官〉、民社党書記長の曽禰益、この文科乙丙には両クラス合併授業があり、安倍能成教授の倫理学史の講義などを同じ教室で受けることもあった。その他、後に喧嘩別れしているが作家平林たい子のドイツ語の先生だったこともある。

大正十二年一高を中退したが、彼自身の書き遺した略歴によると、その後「関西から広島まで流浪と労働運動。入営。昭和二年再上京。中外商業新報外報部記者。喀血して退社。労農芸術家連盟に入り「文芸戦線」同人。海外の社会主義文学の翻訳紹介に努む。昭和九年、生活に窮して岩波書店の臨時雇となる。昭和十六年七月応召。満州、比島、瓜哇、ソロモン群島に転戦。肺患再度。帰還。窮して炭焼五年。足砕けて乞食となり今日に及ぶ。句歴は昔、「若葉」の一句の作家」とある。

岩波書店、中外商業新報〈日本経済新聞〉などに勤務するかたわら、斎藤秀三郎著『英和中辞典』の主任校正を務め、この間、長野兼一郎のペンネームで『マルクス・

エンゲルス全集』アプトン・シンクレアの小説を翻訳するなどした。ラバウルで胸を病み帰国すると熊本陸軍病院に入院、俳句にしたしむようになる。やがてここを出て九州の山奥に入り炭焼をして生計をたてるうちに終戦を迎えた。ちょうどこのころ次男が生まれている。

子が画いてアプレ雛の祭りなり
鯉《こい》幟《のぼり》祖国に樹てむ寸土なし
遠《とお》蛙《かわず》もつれて眠る子をほぐし

彼は故郷で五日間に十七、八俵の炭焼をした。その金で出産の入院費がまかなわれている。原木伐り、木寄せ、竈の土塗り、竈出しの重労働で苦しんだが、資金もつづかず、字が達筆だったので思い切ってペンキ屋に転職した。

行く春の借金だけが残りけり

東京へ帰りたかったがマッカーサーは転入を許さず旅費も宿泊費もない。そのうちどういう理由からか細君が逃げてしまった。相良は酒と煙草を中毒に近く愛した。それが切れると不機嫌になり狂暴になり、細君の髪をつかんで引きずったり殴りつけたりしたという。

離婚

秋風に言ふこともなく別れけり

以後、残された二人の子供を連れて仕事にでた。

彼岸団子買うて子を連れ子を背負ひ

口のきけるようになった次男は、
「お父ちゃん、なぜ牛肉のことをコマギレと言うんだい」
「アラという魚は海でどんな形をしているの」

「お父ちゃん、今日は貧乏かい」

「ああそうだよ」と万吉はそう答える。

「そんならボクおやつがまんする」

昭和二十六年九月、九歳と四歳の男の子二人を連れて川崎市へ移り、彼は馴れないペンキ職に励んだが、その翌年三月十八日、突風のため足場から落ち左足の踵の骨を砕いたため廃業した。

片足は青きを踏まず松葉杖
春烈風ペンキ屋なんど吹き落し

昭和二十七年五月六日、傷もやや癒えた彼は、松葉杖を引いて、はじめて横浜桜木町駅前に筵を敷き乞食ぐらしに入る。そして、幅一尺二寸、長さ五尺ほどある上質の鳥の子紙を四本の細い木の枠に鋲《びょう》でとめ、美事な筆で次のように書いて立てかけた。

道行く人の御慈悲に生きて父子三人。父わたくしは昔南大洋戦の生き残り。戦地からの病気に売りつくし喰ひつくして無一物。妻は逃げ出す。男の子ふたりは未だ小さく。やむなく子を連れ子を背負ひペンキ職となつて労働と育児と炊事。そして流浪。或る年或る日暮しの足砕けてつひに路傍の人間屑。おゆるし下さい。伏して一片の餌を乞はんのみ。一老兵。
紙片の端に季節にふさわしい俳句がその都度一句添えてあった。たとえば雨の日は傘をさして坐る。

初しぐれ子は傘よりも丈伸びて
風船を曳いて乞食の子なりけり
遠足の子にも持たせて慈悲の銭
明易き片親なれば離れぬか
北風吹けば南に坐われ父が楯

桜木町駅前で坐った経験から、有楽町、銀座、新宿、池袋、上野、浅草と場所を移して行き、昔あるきなれた土地を、彼は筵の上から眺めたのである。

伏して拝む都の春でありにけり
或るときは西日に長き影拝み
跪《ひざまず》く大地の冷えも十二月

白髪と白い口髭の気品ある顔立。立てかけた経歴も痛々しく、俳句の心得ある人がみれば作品もまっとうと見えよう。時に百円入れる人、稀には千円与える人もあった。それは大宅壮一で、物乞いをしている男がかつての「文芸戦線」の同人だったペンネーム長野兼一郎と知ったからである。

またある日は、数寄屋橋で九千円のみいりを得ている。そのころニコヨンという言葉が流行った。ボウシンのちょんはねのあとの重労働の稼ぎが二百四十円、それと比較すると当時の九千円が今日どれほどの金額になるか、驚くべき話である。余談になるが、このニコヨンたちのために今日の釜ヶ崎、山谷などのドヤ街が生まれた。

「土方殺すにゃ刃物はいらぬ、雨の十日も降ればよい」の例えがあるが、「松茸の豊作の年は乞食を泣かせる」は初耳であった。長続きの雨のあとは松茸の豊作をみるという意味だ。しかし、このころの相良万吉は十日くらいの雨のために酒、タバコの苦労はなかったであろう。

薫風に生きよと賜ふ言葉かな
子らも仰げ慈悲の都の空の虹
住みにくければ海に出る夜の遠花火
良夜哉土管を宿の丸き視野
秋灯下机代りの函《はこ》二つ
散る柳乞食の函に頂かん
しぐるゝや米の袋に今日の米
数寄屋橋木枯に待つ恋ならば
クリスマス乞食も小さき樅《もみ》買はん
折からの霰も添へて賜はりぬ
つつしみて賀春と言はん土の上

数寄屋橋名物の俳句乞食に人垣ができるので交通巡査に追われて、ふたたび横浜の吉田橋畔に坐り、春には野毛山のお花見客をあてに座を移した。

施すも施さるゝも花吹雪

長男は工業高校に進学した。父親の生き方を割り切って理解しているのか、乞食の子というような影の全くない成長ぶりで、中学ではテニスの主将だったという。そうして長らく別れていた母親の手元に引き取られて行く。

吉田橋霞に伏して子に詫びん

横浜は、銀座の土地柄と異なり、相良万吉の経歴、俳句など理解する人が少なかったであろう、一時景気の良かった彼の暮らしも銀座を追われると同時に、また元のどん底生活に戻ってしまっていた。生活扶助月額五千円と軍人恩給八百円、川崎市今井南町の大工の物置の二階四畳半に間借りしていたものの、どうにも父子三人は暮らしてゆけず、月のうち十日か十五日はやはり乞食をするしかなかった。音信不通の別れた妻へ長男を渡すことはよくよくのことであったにちがいない。

昭和三十年六月十九日、俳句乞食相良万吉のことが「週刊朝日」に取りあげられた。続いて三十二年二月の朝日新聞横浜版、六月四日ラジオ東京、十月号「新潮」にも紹介され、これを知った同じ一高出身である野毛町の天保堂書店若主人苅部洋吉は、相良に会い、同窓生に呼びかける檄を書いた。

兄を失いひとりぼっちになった次男は、父について時々街頭に立つようになったが、たいてい中学生の制服姿で父のうしろの欄干にもたれて少年本を読みふけっていた。

読むは日ねもす北風が画く砂模様

ある日、相良万吉は十五、六年ぶりに一高時代の同級生市原豊太を訪ね、上野で驟雨に会い「道具」をたたんできたと告げた。茶の間に通されてビールを酌み交わしているうちに、彼一流の変貌を現わし、テーブルを叩きながら左翼の闘士だったころそのまま、傍若無人に「ノミもシラミもついちゃいないから、今夜泊めてくれ」と胸を張った。なるほどアイロンこそ掛けていないがワイシャツは清潔であった。

その後子供連れでも訪ねるようになり、父子で泊めてもらったりしたが、子供はよく肥り、育ちの悪さやこせついたところなど少しもなく、食卓にこぼしたものを拾って食べるようなことをけっしてしなかった。

初明かり恭《かたじけな》くも屋根の下
借りて吊る慈悲の蝈《かや》なり子を並らべ
眠る子のかくしの中は木の実哉

乞食は筵の上にじかに坐るほかない。寿という字の入った紫の座布団に坐ったりしたら一銭のゼニにもなるまい。当然石でも板でも橋の冷えが体に伝わって、それが病気に結びつくことも考えられる。彼はひどい不眠症に悩み肝臓も悪化した。

昭和三十四年一月十七日、彼は市原豊太宛に手紙を書き綴った。

お約束の「用のない手紙」もついに成らず失礼します。生前の御芳情については次男がよく記憶してゐてくれると存じます。彼にとっては寔《まこと》に「市原のおぢちゃん、おばちゃん」でありました。長男と生母の住所は知りません。けたいなことでせうか。御健康を祈ります。

辞世

死ぬときも炬燵を抱いて一人哉

だがこの時は睡眠薬自殺が未遂に終わった。友人間で、彼が六十歳になったら養老院へ入れようと計っていたようだが、酒もタバコも断たれるにちがいない規則ずくめの養老院などへ行く筈はなかっただろう。そこで友人が生活保護法の久我山病院の北錬平を紹介してくれたが、すでに生きる気力を失ってしまった彼は、やがてどういう手順を踏んだのか、次男をも別れたひとのところへ帰している。

冠省、久我山行き御辞退。もう歩く気力もなくなりました。このまゝ静かに餓死したいと存じます。愚かな乞食など放っておけ。ほんとうに生前の御友情を感謝します。君が朗らかな顔、それは私にとって大きな幸福でありました。

大寒の陽の美しき畳哉

あとはノートに残し置く　一月三十日

俳句乞食といふ職業は六法全書にもない。日々小さな悲劇の連続にして、私は七年それを繰返しました。精神的にも肉体的にも疲れ切って死んで行きます。随筆「乞食万吉の死」、又は「二つの死」を書いて下さいね。

相良万吉

一月三十日

自殺未遂というものは、生き返ってびっくり仰天二度と死を選ばぬものと、必ず二度三度と自殺を計り、ついに死に至るものとがある。戦前からゴルフをやっている、たとえば文芸評論家河上徹太郎その他のゴルフ教師で井深三郎の名を知っている人たちがいる筈。井深は私の親友の弟で三度目に浅間山の火口に飛び込み、兄の二郎と私とで火口のふちに残された靴を拾ったことがある。太宰治も同様である。

前掲のような市原豊太宛二通の葉書を投函すると、彼は二度目の服薬自殺を計り、死後の枕元にはノートが一冊置かれてあった。

相良万吉という乞食俳人の名を知り、ほんの少々生活を知ったときには、私は人の憐み、同情を乞う点でオナキノカンコの裏をかいているにすぎず、乞食根性に変わりはないと考えた。前者は泣き唄とぼろ三味線を、後者は学歴と俳句を売り物にし、週刊誌やラジオ、新聞の宣伝を誇りとしても恥じるところのないのがそれだ。五つボタンの制服を着せた子供を立たしたのも、いやな言葉を使えば、一種の小道具とみてよかろうと思っていた。が、僅かな資料であるが読みすすんでいるうちに、自分の考えに疑惑を抱きはじめた。

最後に遺稿となったノートから俳句を抜粋する。

自殺未遂

枕頭の薬罐の水も凍り居り

病み伏して大寒の子の下校待つ

牛乳は凍らず五合を呑んで生きん哉

一月二十九日

死を前に破れぶとんの暖かさ

ふたたびの死を迎へたるふとん哉

昭和三十五年二月一日逝去。享年六十一。

日陰のない道——阿部浪漫子

阿部浪漫子《あべろうまんこ》こそまさに「風狂列伝」中の一人物と聞かされていたのは「河」の角川主宰からであった。「角川俳句賞」の次席その他で浪漫子の作品は見ているが、私は一面識もなく、その生活ぶりも知らない。浪漫子については「寒雷」の藤村多加夫が親しくつきあい、風狂の言動をつぶさに知ると聞いて、私はすぐに福島へ電話を入れた。

「風狂列伝」へ浪漫子ですって？　それは駄目ですよ。高橋鏡太郎が前頭の筆頭なら、浪漫子は十両以下です。やめた方が無事と思いますよ、と言う。

しかし前頭か、十両以下かを決めるのは筆者の私である。ともかくお訪ねしたい旨を述べ、都合のよい日を定めた。

福島駅の改札口に藤村多加夫、栃窪浩、伊藤松風、阿部登世の諸氏が迎えに来てくれ、二十年ぶりの街の変わりように、私はただ驚くばかりだった。一年間のうちで福島市の一番汚い季節、と多加夫がいうのは道路のわきへ片寄せた残雪の汚れをいうのだろうが、私は氷った道での転倒を怖れるのに精いっぱいだった。福島市一の茶の老舗である多加夫居の離れに通され、すでに約束してあったテープレコーダーに取るべく話が始まったが、それは苦労してノートしてくれた栃窪浩の朗読だった。早口で読みあげるのと、飯坂訛のため聞いている私には三分の一も理解できない。テープを持ち帰っても、頼んである速記者に通じまいと知ると、栃窪浩のノートをそのまま無理に借りてきたという次第である。

「俺は俳句もツクンネデ批評ばっかりシデる奴は絶対に軽蔑スンナイ、俺の尊敬シンのはナンツッタッテ実作者だけだもんナイ」

これは「寒雷」に掲載された伊藤松風の追悼文から抜粋した浪漫子の言葉だが、読者は何が難解だといわれるだろう、つまりそれは訛の濁音を耳にされぬからだ。

藤村多加夫が阿部浪漫子と知りあったのは昭和十六、七年のころ、飯坂からさらに五里ほども奥になる茂庭村の税務課長だった浪漫子が、町村合併を機に飯坂の公民館長に栄転、当時「飯坂三々句会」を牛耳っていた鈴木守箭のもとで、句会の事務を担当していたが、もちまえの多弁と、異常なまでの俳句熱によって、次第に周囲の耳目を引くところとなった。伊藤松風はこうも書いている。

「話し合えば、そのぶっきら棒な語調の裏に意外なほどの温かさと親しみがあり、その明けっぴろげの態度がむしろ好ましく、以後私が飯坂町を離れるまでの四年余りは、毎月三回ずつの精力的な〝三々句会〟につき合わされたわけで、この句会を通して又彼〈浪漫子〉の私生活に触れて、その徹底した自己貫徹の態度と人生観に驚嘆し且つ半ば呆れ乍《なが》らも、次第に影響を受けていったのだ。」

徹底した自己貫徹——松風は友情のベールを見事に着せているが、私はこれを吝嗇の語に転化させてさほど誤りないと思う。藤村多加夫の言葉を借りると、浪漫子は気に入った三句ができるまで、夜の八時前はいっさいの歌舞音曲〈ラジオ・テレビなど〉を禁じ、飲めば酒乱になる父親があばれ廻っている間、細君と子供が部屋の隅に身を寄せあっている、そのままの姿で八時の打つのを待っていた、と聞いたが、これを自己貫徹の一つというのか。

中央その他から有名俳人が、福島・飯坂に来て俳句大会が催される場合、浪漫子は色紙、短冊稼ぎの句会は二、三百円の会費を払って出席するが、懇親会は絶対に出なかった。俳句の話の聞けぬ雑談など聞く耳を持たず、千円以上の会費など馬鹿々々しくて出す気になれぬという主義を通した。

「野火」の大会で賞を得た浪漫子が、登山帽をかぶったまま、篠田悌二郎から捥《も》ぎとるように短冊を受け自分の席へ戻ったとか、「さいかち」の大会では松野自得の短冊を一見しただけで、こんな句は要らぬと突き返したそうだが、悌二郎は変わった男もいるくらいに見ただろうし、自得は、それくらいのことで動じる人物ではない。自得翁とは二十年近く親しくしているから、僧であり画家の翁の底抜けな磊落ぶりを私はよく知っている。もっとも藤村多加夫は、その無礼を難詰しているが、浪漫子に彼の友情が通じたかどうか。

阿部浪漫子は、黒ぶちの強度な近眼鏡を掛け、野暮ったい男、どこの句会へ出ても傍若無人に大きな笑声を振り撒いていたと、伊藤松風は述べているが、年に四度ほど床屋に通う坊主頭だったという。けれども私の経験からすると、僧侶が小坊主に剃らせるか、家庭にバリカンがあって細君が刈れば別、床屋にとって坊主刈りの客ほど上客はなく、二日おき三日おきの客はざらだった。長髪の少々のびたくらいごまかせるが、坊主刈の無精ほど醜いものはないからである。浪漫子の年四回は「隅田川続俤」の法界坊を想像するほかあるまい。

彼は、俳句も文芸の一ジャンルである限り、虚構の作品も当然あってよいと称し、税務課長の職席をもちながら、白い飯を食べるのは村の祭日と元日だけ、あとは稗・粟を常食とする貧農になりすまし、阿部浪漫子・阿部美津・阿部春生・阿部しろう・藤東史などの変名を用いて俳句欄のある文芸誌、週刊誌に片っ端から投句しては、賞品・賞金をふくめて平均月額三千円は稼いだという。しかも浪漫子自身作品の上で、生理日、妊娠、出産の虚構句を平然と作っているのである。浪漫子は、石田波郷だって俳句私小説論を書いているではないか――と放言していたそうだが、波郷の言葉を、この程度にしか理解できなかったものが虚構句といえようか、藤村多加夫が、彼の作品の面白さを認めながら、第一級作者としなかったわけもこのあたりにあったのではなかろうか……。

晩婚初夜の足袋脱げば農夫の死爪ひかる
産後明るし噛めば春菜のつよき芯
農婦浸かる除夜の釜風呂底ざらつく
懐妊の身を青桑にしづめ摘む
婚約す薔薇垣青き棘びつしり
泥田刈つて腰湯芯まで温まらず
宙わたる夜蜘蛛やわらか母なき家
甘藷掘つて土くれ乳房子に握らす
蚕づかれの母の腋毛をみてしまう
蕃茄《ばんか》の皮膚あたたかし浮気妻
螢火や夫へのことばはしにじむ

これは栃窪浩が送ってくれた昭和三十一年から四十年までの虚構俳句であり、生理日の作は見当たらぬが、浪漫子の手にかかれば母親も妻も活殺自在、いくど母や妻を作品の上で殺しているか数知れぬという。子亡き妻——などもまっかな嘘、自分のペンネームにしている春生は彼の長男であり現存者だ。

浪漫子は「寒雷」「萬緑」「麦」「曠野」その他の俳誌に投句したが、「ホトトギス」には一句も載らず、ついに業をにやし一策を案じて阿部浪漫子の上へ故と記すと、その一句が虚子選に入ったという。

「俺は一度死んでいるから、俳句や俳句研究の雑詠欄の選者がホトトギス系の場合は阿部浪漫子の名が使えない」

と、こぼしていたそうだ。


話を前に戻すが、藤村多加夫の離れ座敷で、浪漫子は常に木綿の紺絣を着て、いわば容貌魁偉という説に、

「あら、浪漫子さんは美男子でしたよ」

女性の一人から不満の声がかかった。それに続いて浪漫子の私の知る限りでは皆無といってよい艶聞を耳にし、この話こそ本篇の山になるぞと膝を乗り出したが、細君も相手の女性も現に生存していることだから、男の約束として、この話だけは書かないでくれと藤村多加夫にダメを押されてしまった。町内の寄付金はいっさいお断わり、

強いて取ろうとあらば裁判にかけるとまで放言した男が、その主義どおり実行した稀有の艶物語なのである。

浪漫子の俳歴は「馬酔木」の深青集から始まったらしい。そのためかどうか、「俳句」の雑詠欄で、俺は「天狼」の選者たちには強いとうそぶいていた。所属誌を「寒雷」に定めたのは、どの俳誌より成績がよかったからだと栃窪浩に語ったそうだが、同人に推薦されても同人費が高ければ辞退する、まあ年額二千円どまりなら払えると言った。

昭和三十五年、阿部しろうの名で「麦作家賞」を得ている。

胸にボタンの貝澄む子らに聖菓わかつ
午後も雪横臥の妻の翳ふかまる
鎌の冷たさ抱く萱山に雲あつまる
雪片近づけず糶《せり》後の地の馬臭
挽きやむ鋸に冷えすぐもどる芽ぶく森

祖母の忌の春暁水甕《みずがめ》腰ゆたか
墓山の夕冷え蜜蜂一群抜け
家鴨《あひる》追い出す蓬田茜の水はりつめ
緑雨にまかす授精後牛の胴震え
万緑や喪に逢ふ兄弟髪剛し
馬みがく青柿おもき水あかり
かたき皮膚張り台風の夜を越す牛

けれども浪漫子の唯一の望みは「俳句年鑑」に自選句が載ることだった。それには角川俳句賞か俳人協会賞をとらねばならないと、虎視耽々未発表作品を貯めこんでいた。

浪漫子はどんな句友が訪ねて来ようが、話が俳句を離れ世間話になった途端、すっと座を立ってしまう。相手は手洗いにでも行ったのかと待っているが、二時間、三時間たっても帰らぬ。浪漫子は飯坂温泉の共同風呂へ、町民に限って使える回数券〈当時は一回一円、三年前から五円に値上がりした〉と石鹼《せっけん》、手拭を持ち、ゆっくりと湯につかり、気が向くと映画を見てくる。それもビラ下の三角券を利用するから、半日一円で楽しめるのだが、待たされる相手にとってはやりきれぬ話だ。後に浪漫子が家を新築した時、祝いに集まった仲間を尻目に同じ手を用いたという。句会の席では大のご機嫌で大笑する彼は、細君には笑顔ひとつ見せなかった。

私は福島に行くに際して、是が非でも未亡人に会い、浪漫子の私生活ぶりを知りたいと思ったが、行方知れずという藤村多加夫の答えだった。働き手を失い、新しい家を売って他に移る、そういう悲しい暮らしも想像できるが、いまさら過ぎ去ったものをほじくり出さず、そっとして置いてくれ――という多加夫の未亡人に対する思い遣りだったかも知れない。

俺は他人の句からこれと思う季語を選ぶ、次にまた異なった人の作品を探すと、その裏をかいたイメージを摑み一句にする、それに推敲を重ねたものが俺の作品になる、だから俳壇のある限り、俳人のいるかぎり俺の作品は絶えない――そういう作句論を称《とな》えていたそうだが、私には意味がよくわからぬし、軍隊生活の苦しさに耐えられず、二段ベッドの上段からわざと転落、意識不明を装ったり、姉に病状を訴え、姉から弟を殺す気か――というような聯隊長宛の訴状を出させて、まんまと除隊したあたり、浪漫子という男は案外世渡りのうまい一面を持っていたように思えてならない。

浪漫子は画家を志し、商業美術に首をつっこみ、そのためか書をよくしたといい、俳句の投句者で、俺くらいの字の書ける者は俳壇に三人といまい――と豪語していたというが、特長のある字を書いたのは事実らしい。

「俳句」の雑詠欄に浪漫子の名を使わず投句したところ、選者の石田波郷は、「この作者は名前こそ違うが阿部浪漫子の作品に酷似している。この人は一生作風を変えることがないだろう」

と書いた。波郷なき今日、その言葉をどう解釈すべきか分からないが、当人は得々としていたそうである。

茂庭出身の画家で山川忠義という人が、茂庭の風景を描き続けたように、阿部浪漫子も十数年にわたって茂庭の風景と生活を虚実こもごも詠い、彼の作品のあとには草も生えないと嘆じた浪漫子贔屓の俳人の言葉もあって、深田植えの語を第一番に使ったのは俺、楸邨よりはるかに先だとうそぶいている。

貧農の生活があまり見事に描かれているのを憐れんだ「寒雷」の作者が、童女の着物を浪漫子宛に送って来たことがある。おそらく童女を詠ったものを見たからだろうが、浪漫子には男の子しかいない。そこで彼は、近所に男女の子をもつ家を訪い、男児用の着物と交換してもらうと、送り主へ礼状を書き、わが家には女児がいないから、こんど送ってくれるときは男ものを頼む——と記したところ、それっきり何ひとつ送って来なかった——とも仲間に話して歩いた。

栃窪浩は、浪漫子についてこう語った。「生きるのに恃《たの》めるものは自分しかない、体の弱い浪漫子は、自分を支えるには金が頼りだから吝嗇に徹するほかなく、自己を貫くという意味もそこにあった」と。

正月に万歳や物乞いの来るのを嫌って簾《すだれ》を垂れ忌中の紙を貼るという、われわれには思いもつかぬ徹底ぶりだったそうだし、晩年、家を新築したとき、細君が新しい神棚を買ってくると、激怒した彼は、そんな無駄なものを拝むなら、金を稼いでくる俺を拝めと怒鳴ったという。

公民館々長だった浪漫子は、同時に図書館の著書買入れ役を兼ね、なまじい教養ものなどを揃えるから田舎の図書館には読者が来ないのだと、大衆小説、特に推理小説を多く買い入れ村民の人気を博し、自分も読みに読んだ。

推理小説が、彼の俳句作品にどのような影響を与えたかは知らぬが、一句の設定の上で、まんざら役立たなかったとはいえぬ節がありそうに思える。全くの虚構と気づかず、読者に、子供の着物まで送らせる心理の追いこみ方など、そのひとつの例とはいえぬだろうか……。

「俳句」の投句欄には出句を欠かさなかったが、誌代は三々句会もちで自分は払わなかった。「俳句」の推薦になると角川書店から一冊送られるそうだが、飯坂の小さな文房具兼書店の棚に「俳句」が一部残っていると、浪漫子の入賞が知れたという。ともかく浪漫子は「角川俳句賞」を取るため命をけずる思いだったと聞き、好き嫌いは別として実力のある作者だったと思う。

昭和三十五年、第六回角川賞では磯貝碧蹄館と競い、はじめは浪漫子の方が多くの票を得たが、最終の銓衡《せんこう》委員会で逆転し、浪漫子は次席となった。楸邨が出席してくれたら、間違いなく俺が賞をとれた——と、師を恨んだそうだが、正直いって私も、碧蹄館の作品の方がはるかに優れていたと見たし、今日までの角川賞中の傑作のひとつと信じている。角川賞の碧蹄館を絶賛する画家の高橋忠弥と、新宿のボルガで、窃《ひそ》かに祝盃を挙げたのも忘れていない。その時の角川賞を見ていない読者のために、阿部浪漫子の次席作品「部落」を挙げておこう。

薊《あざみ》かたき野に杭打つて掌のしびれ
すり鉢拓土捞ぐ甘藍《かんらん》の尻ぬくむ
甘藍捞ぎ冷えくる日の出真くれない
万緑や昼寝農夫の唇うごく
藁《わら》巻きこむ牛の厚舌走り梅雨
馬も一つ家胴震えして黴に堪え
大旱や馭者《ぎょしゃ》なき荷馬のあるき出す
腐る馬鈴薯拓地の旗雲尾のみ炎え
離農つづく甘藍はみ出す葉より枯れ
虹太しみがく乳牛尾もまだら
あごに食込む笠の緒雨の深田植え
夜の秋や涸井をのぞく声こだま

闇へはやる犬横抱きに出水守る
まぶしさや水禍の墓に蟬鳴き出す
土用満月野に積む厩肥かわきとぶ
台風外れし薄明枕にねばる髪
蜩《ひぐらし》や鍛冶の火明り屋根を洩る
夕野分拳で混ぜる馬糧の藁
氷《ひょう》嚢《のう》替う野分夜に入る爛《ただ》れ雲
径《みち》さぐる爪先冷えて蕎麦を負う
芒するどき野の溜め水に馬むせぶ
露の葎《むぐら》に家兎放たれて耳重し
とぶ穂《ほ》絮《わた》耳立てやすむ馬あたたか
霧の厩に燭炎え獣医の髭乾く
露冷えの腿《もも》すり合はせ搾乳婦
浮かして洗う塗椀芒の根が透く水
レグホン交む秋曇熱後の髪痒《かゆ》し

匂う杣《そま》風呂身不知柿は臍《ほぞ》より熟れ
馬追ひびく無名の甕の水あまし
穂草しごきて落す糶後の掌の馬臭
炊煙やあさくたらいに冬来る水
横降り雨に睫毛かたまる深田刈り
遅れ稲馬濃き星空にとりまかれ
オルガンねむき分校雨の稲架《はさ》明り
婚家絶え北風が水田の星吹きよせ
干大根の重量めぐらし喪に入る家
寒凪やさぐる鶏卵一つぶきり
雪山越えねばならぬ竜頭をかたく巻き
雪来る雲痒き農婦の土ふまず
呼べば谺《こだま》す涸沢越ゆる雪の蓑
根雪となる果樹園ぎつしり星座の壁
根のごとき咽喉《のど》骨寒夜を病む農夫

雪崩《なだれ》に応え咆く杣牛の胸に創《きず》
種牛つなぐ槐《えんじゅ》なまめく雪後の幹
抜根夫へ雪間の焚火ちぎれ飛ぶ
胸蹴つて羽散らす軍鶏《しゃも》寒ゆるむ
斑雪の拓土へ搬車のゴム輪継ぎだらけ
春星透くばかり夜干しの拓夫のシャツ
楤萌え出す明るさ胴を痒がる牛
老牛すぐに泪眼雪嶺下に飼われ

以上の五十句のほかに、昭和三十九年に「家族」と題する応募句が佳作、四十一年には「一郷一族」が推薦になっているが、ついに執念の「角川賞」はとれなかった。

そうして、もうひとつの望みは、飯坂から福島市中央公民館長になることだったが、四十一年十月号に「角川賞」推薦の発表を見た翌年に発病し、三分の二を失う肺葉切除手術を受けている。翌年の二月退院して、通院加療をしていたが、三月再び入院、コバルト照射を受けたが、副作用による発熱に苦しんだと、藤村多加夫その他二、三で出版した阿部浪漫子の遺句集『父情』の略歴に書かれている。本人の浪漫子は肺癌を予知していただろうか？　西東三鬼は自分の職業を歯科医といわず、医者といったばかりに、胃癌を宣告され、カラーの胃カメラまで見せられた。見舞いに行った私に冗談話のようにそんな話をしたあと、

「兄貴二人も癌で死んでいるから、いつ俺の番が廻ってくるかと思ってはいたが、少々お早かったよ……」

落ちついた声で苦笑し、ある日突然にものが喰えなくなった、それが俺の場合の後で知った自覚症状だった、桂郎も気をつけろよ——と言われ、私は涙を匿すのに苦しんだ。私も左肺の上葉を切除しているから、浪漫子の三分の二切除にはさのみ驚かなかったが、病中の浪漫子が一瞬でも赤城さかえの名を思い浮かべたか、福島、飯坂へは楸邨、草田男、波郷も招かれているが、赤城さかえが藤村多加夫を訪ね、浪漫子に会いたいと電話したところ、バス代を惜しんだのか、どうしても来るといわず、赤城は仕方なく飯坂へ浪漫子を訪ねている。健康人の四分の一もない肺活量の赤城は、喘ぎ喘ぎ、途中いくども休みながら浪漫子に会っている。赤城は自らの思想の上からも、浪漫子の作品を愛していたに違いないが、肺葉切除後の呼吸困難を自覚した浪漫子に、

赤城さかえの足を飯坂まで運ばした後悔のかけらでもなかったら、前述の記事のいくつかを含めた上で、藤村多加夫その他の人々の友情とは別に、私には阿部浪漫子の俳人としての生き方に否定的にならざるを得ない。

栃窪浩の友人が、司馬遼太郎の小説『花神』を読み、作中人物の村田蔵六が阿部浪漫子に酷似しているといったとあり、『花神』を読んでいない私は、知りあいの古書店に連絡したが持ち合わせがないという。大変失礼だと恐縮しながら、大阪の著者へ電話すると、ご親切なお答えを頂いた。

「箇条書きに答えますよ」と仰言り、

村田蔵六は大村益次郎です。

火吹き達磨の渾名がありますが、どういうものか私は見ていません。人の話では竈の中にそれを入れると、口から息を吹きだすような現象が起き、火勢をあおるのだそうです。

大村益次郎は百姓出の武士で、趣味のない人、晩年は骨董屋から絵などを買っていたようですが、たいした眼識などなかったように思います。

無口な人で合理主義者ですからイデオロギイを受けつけない、それは当然でしょう。しかし先覚者の器量のあったのは事実です。

それだけの答えに満足した。がさて阿部浪漫子のどこに酷似しているのか、私にはいっこうわからない。

昭和四十二年四月、福島市北公民館長に転任、病気欠席のための明らかな左遷だったと聞く。同年十二月、肺性心を発病再び臥床とあり、翌四十三年一月三十一日、

父情密冬菜の芯のほぐれぬ黄

の絶句を残し四十三歳で死去した。死因は肺ガンであった。

浪漫子は晩年、ある程度子供に教育をつけたら、妻子を捨てて大阪あたりに一人住みたい——と、俳句仲間に漏らしていたそうだが、尾崎放哉でもまねるつもりだったか、織田作之助の真似ごとにもならぬ小説でも書くというなら別、俳句を作りながら隠栖できるような土地ではなく、あまりにも大阪という土地を知らぬ男だったと思う。

地上に墜ちたゼウス——西東三鬼

昭和十四年の一月か二月ごろ、石田波郷、石塚友二らの紹介で私は初めて西東三鬼《さいとうさんき》を識った。場所は新宿の帝都座〈現在の日活オスカー〉の地階、モナミというビヤホールがあって、小説家志望、大の波郷ファンであるボーイの石山清六がいた。どういうからくりがあるのか、波郷が一緒だと半値以下で飲み喰いができる。

三鬼は、酒席でもどこでも一人前に扱い、遠慮がちな私を前へ前へと押し出すような温かさを示し、一方では床屋の職人である私に興味をもった。

当時、帝都座の映写室を担当していた石橋辰之助に紹介するといって、氏の控え室に案内されたが、私に一瞥をくれただけの辰之助は、

「文藝春秋に本物の床屋らしい男が面白い文章を書いている。読んでいなかったら貸

すが、薄気味悪いほど不思議な随筆、いや掌小説といっていい」と三鬼に言った。

「そうかい、そんなに面白かったかい、実は俺その男を知っているんだ。君の話を聞いたらさぞ当人も喜ぶだろう、会ってもらおうよ……」

「ウン、一度会ってみよう……」

「君の前にいるこの男が、その作者だよ」

と、三鬼は得意顔で哄笑した。

盲縞の単物に角帯姿の瘠せっこけた私を前に、石橋辰之助は暫時開いた口がふさがらぬといった面もちであった。そうして、そんな二人のやりとりを前に、私はただ黙って立っていたのを憶えている。鶴俳句欄にやっと二、三句載りはじめたころ、石塚友二がしきりと文章を書けといってくれたが、

「小学校で綴り方を書いて以来、あたしは文章なんて書いたことありません。それこそ無理難題というものです……」

「君がいつも喋舌《しゃべ》っている話、あれをそのまま楽な気持で書けばいいのだ。無理でも難題でもないよ、とにかく書いてみることだな、ビクビクしないで……」

そうして「鶴」へ二度目に書いた「蝶」が当時「文藝春秋」の永井龍男編集長に認

められ、他の書き下し二篇と共に掲載された。

しかし、西東三鬼は新宿界隈の飲み屋歩きの仲間ではなかったから会う機会も少なく、後に京橋の川ぶちにあったバー「峠」を知るまでは波郷、友二、辰之助らの噂話を耳にするのがやっとであった。

一見してわかる英国生地の服を着こなし、特長のある大きな目、コールマン鬚がよく似合った。後に商売の都合でこの鬚を剃り落とした時、病床にいた日野草城に、

「鬚のない君はワイセツでいかん」

と逆襲されたという。

昭和二十三、四年だったと思う。大阪までの片道切符とタバコ銭をもって、なんの目的もなく大阪へ走った。「馬酔木」の人たちの好意に甘えたのが本音であるが、最初に訪ねたのは大阪女子医大香里病院の歯科室であった。

治療椅子が一台、窓際に大型の事務机と廻転椅子が置かれて四、五冊の俳誌、鉛筆に紐つきの句帖、これも大型の望遠鏡が置かれてあった。日本で初めて催された男子服のファッション・ショーで売れ残りの外套〈モデルが長身なので、袖と裾をつめたもの〉に赤いマフラー、毛糸の正ちゃん帽といったいでたちの私を見て、助手の看護婦

がまず眉をしかめていたが、三鬼は突然の来訪を喜んでくれた。しかし私を傍らにした当日の患者は、目も当てられぬ治療ぶり、最高三分で、

「では、明日また……」と追い返される。

マスクをかけ、これ以上患者の口腔から遠のけないピンセットの使い方を見て、私はただハラハラするばかりだった。

「今日は、これで診察を終わる。君は帰ってよろしい」

看護婦を去らせると、三鬼は受話器をとった。相手が出た気配から、俄かにやさしい声になると、

「お風呂へはいりません？　いや、こちらは遠来の友人と二人です、ご心配はいりませんよ。なに駄目、そう、それでは無理ですねえ……」

電話を切って、桂郎に素晴らしい美女、いえね、大変な軀の持主をお目にかけようと思ったが手術の時間であかんそうや……。

三鬼の弟子であり、外科の女医原霧子〈腹切り子をもじって三鬼が命名した俳号〉に紹介されると、私は恥をしのんで血液検査を依頼した。一か月ほど前、泥酔の果て常識はずれな遊びをやり、もしやと気がかりだったからである。歯科をかんばんにした

あと、連れ立って崖下の三鬼居を訪ね、それから五日ほどお世話になった。夕食前に原女医がやってくると、

「お目出とうございます。ご心配の点は無事、ただし貧血がひどいそうです」

「当たりめえだ。甘藷とバクダン〈焼酎〉で血が殖えたら世界の学説がひっくりかえる、ねえ三鬼先生そうだろう……」

薬用アルコールにリンゴを刻みこんだ甘ずっぱい酒に、私たちは相当酔っていたが、三鬼は丁寧に、

「原さん、明日薬局へ行って増血剤をもらっておいてください」と言った。


レディファスト、話術の巧みさ、若い俳人たちの可愛がりよう、社交ダンスと英語、瀟洒な服装と数え上げたらきりがない三鬼であるが、皮肉なことに毒舌家でもあった。

橋本多佳子が回虫駆除のため香里病院に入院したあと、

「せっかく俳句作りに飼っていた回虫を逃がしてしまったら、多佳子俳句は行きづまり」

と当人の前で放言し、以来絶交状態が続いたという話がある。ところがそれが、私た

ちの耳にはいるころには、橋本多佳子に言い寄った三鬼が肘鉄をくい、その腹癒せの毒舌ということになる。三鬼は噂以上のプレイボーイ、女を口説く名人だが、最初からあかんと睨んだものには断じて手を出さぬ主義をもっていた。人に聞かれて恥になる行為は、彼のダンディズムが許さないからであろう。私は多佳子に肘鉄をくった話を断じて信じない。

緑蔭に三人の老婆笑へりき

が話題になった時、俺は婆さんが好きだ。大きな荷物を抱えこんだり、電車の中でよろけたり、乞食の婆さんに至るまで鼻がツウンと痛くなるほど好きなんだ、みんな自分のお袋に見えてくる——と言った。大正七年十八歳のとき彼は母親と死に別れている。三鬼の女性遍歴に中年、それ以上の相手は皆無といってよい。

前述のバー「峠」には、そのころ波郷、友二、その他多くの俳人が集まった。酒は飲みたいが金がない、そういう時、三鬼がいようといまいと押しかけるのである。看板娘の清楚な美少女がいて、三鬼の愛人だった。三鬼は何種類かの洋酒を自費でその娘に仕入れさせ、酒棚に並べると、自分の酒をバー並みの金を払って飲むのである。こんな馬鹿気た客の話を、戦前にも戦後にも聞いたことがない。いやなばばあ〈娘の養母〉が、それほど打ちこんでいる三鬼を嫌っているのが目に見えた。後年私に「あの娘だけは、きれいなままで死なした」と述べているが、何十着の服、靴もいちいち服にそろえてやり、よく二人で銀座を歩いているのを見かけた。資生堂の二階で食事をしていると、彼女を連れた三鬼が階下のテーブルにつく、彼が立ってうしろから椅子を深く彼女のため寄せてやる。西洋映画などでよく見かける、同伴者へのエチケットだが三鬼がやると自然だった。大正十四年、日本歯科医専を卒業、結婚。長兄在勤のシンガポールに渡航して歯科医を開業し、長兄の客の接待役を兼ねながら、ゴルフ、ダンスなどと共に身につけた、あちら風の作法であった。大正十四年、三鬼が二十五歳の時であるが、四年後にチフスに罹り休院、済南事変による日貨排斥、不況と大患のため失意のうちに帰朝のやむなきに至った。

先を急ぐため、暫らく年譜を追ってゆくが、翌昭和四年、大森で再び歯科医を開業、長男太郎を得た。そうして三年後、埼玉県朝霞の病院に歯科部長として就任。翌年は東京神田共立病院のやはり歯科部長になっている。この時、患者の若者たちからすすめられて句作をはじめるとある。三鬼三十三歳、俳人としては大変おくてであるが、翌年の一月には俳句同人誌「走馬灯」に、清水昇子、三谷昭、幡谷梢閑居らと同人参加。新興俳句勃興期に当たり、吉岡禅寺洞の「天の川」が無季俳句を提唱、今日の先駆者となった時代だ。

「句と評論」「土上」「早稲田俳句」「走馬灯」の同人有志に計り、横の連絡機関として「新俳話会」を創設、俳句のあるところ三鬼の名の出ぬことのない存在となった。「青嶺」「ひよどり」「走馬灯」を合流して日野草城主宰の「旗艦」が創刊、三鬼は同人となり、清水昇子、三谷昭らと「走馬灯」の後身である「扉」をも創り、三月、上記の人々に和田辺水楼を加えて「京大俳句」に加入している。十一月、胸部疾患。翌十三年、三十八歳の三鬼は歯科医業を廃して合資会社紀屋、日本起業株式会社役員となり、別に南方商会を設立する。十九歳の三橋敏雄、前職を捨てて業を助けるとあるが、当時、私は三田の果物店兼喫茶室で三橋に会っている。新興俳句界の天才少年といわれ、細谷源二、中台春嶺その他十数名の同席にいたが、私を誘ったのは店の一番近くに住む林三郎であった。

昭和十三年二月三日、再び病に倒れた。こんどは腰骨のカリエス、毎日、朝から四十度の高熱が続き、十日後、友人の病院に入院するとともに危篤状態に落ち入った。彼の文章に氏名を書かず、ただ友人の病院とあるのは、この先生麻薬中毒患者だったからであろう。関西から平畑静塔、棟上碧想子、鹿児島からはるばる「傘火」の浜田海光が見舞いに来る。その人たちの様子から三鬼は自分の重症を感づくが、病室の外で声をころした男の泣き声がする。それは、今生の別れを告げに来た清水昇子だったという。三谷昭その他、新興俳句の人たちが来ると一様に「さようなら」と言って帰る。三鬼は後にそれを死にゆく者への離別の言葉だったと気付いた。

十日以上も高熱がつづいたため、腸の排泄物が乾燥し、ガスが溜まって臨月近いような腹になり「フンづまりで死ぬのか」と思い、腰骨からは排膿がつづいた。

二十四時間以内に腹部切開の宣言を受けたが、体力が手術に耐えられぬことを三鬼自身が知っていた。ところがその日、麻薬の院長はどこからか腸の蠕動《ぜんどう》を起こすスイスの注射薬1CCを手に入れ、これが最後だと言いながら注射すると、多量の麻薬を持って千葉県の別荘へ逃げてしまったのである。院長は、三鬼の手術を慈恵病院に手配していたが、病人の死を直視する勇気もなく、別荘から病院へ電話をつなぎっ放しにして、１ＣＣの結果を待ったという。

注射が利いて、漆桶を抜いたように大糞が排泄され、それを知った院長は帰ってくるなり三鬼の前で泣いた。三鬼は、友人の死におびえて逃げ出した院長の気持を諒とし、二度の大患で人間が時々刻々死に向かって歩いていることを痛感した。

一度目の大患というのは、大森時代に急性の肺結核症状で高熱が続いたときだ。

水枕ガバリと寒い海がある

この時右の一句を得、俳句開眼と併せて、俳句のおそるべきことに思い到った。

昭和十四年のある日、私は石田波郷から、新興俳句の人々が総合誌「天香」を創刊する話を聞かされた。石橋辰之助の親戚が後援し出費を惜しまぬということで、あからさまにはいわぬが波郷も協力する様子に見えた。

「天香」は結局三号で廃刊になったが、原因は、編集者の全員、主だった執筆者たちのほとんどが治安維持法違反の名において、昭和十五年から翌十六年にわたり京都警察本部、東京警視庁に検挙されたからである。三鬼も当然その渦中にあったが、一足早く起訴猶予となって帰京した。

東京の生活に絶望した三鬼は、昭和十七年から二十一年までを神戸で過ごしている。十七年の冬、単身で東京を抜け出した彼は、三宮駅近くに勤めるバーの女から、アパートを兼ねたホテルを教えてもらい、そこの住人となった。神戸の中央、山から海へまっすぐに降りるトーアロード〈東亜道路〉の中途に、そのホテルは新劇の舞台装置にでも出そうな朱色の奇妙な感じで建っていた。止宿人は日本人十二人、白系ロシア女一人、トルコタタール夫婦、エジプト男一人、台湾男一人、朝鮮女一人といった国際色ゆたかなとりあわせで、そのうち日本人十二人中の十人がバーのマダムか、そこに働いている女であった。

誰もお互いの職業を詳しく知らなかったが、三鬼は軍需会社に雑貨を納入する商人で通っていた。それは事実であったが、物資欠乏のため商いらしいものもなく、ブローカーのホラを聞くのが関の山、したがってひどく貧乏であった。彼はトーアロードを見おろす二階の窓に頬杖をつき、一日の大半を通行人を眺めて暮らした。

同宿の人々の中では、窮乏底をつく生活が似たり寄ったりのエジプト人マジットエルバ氏と特に親しくなった。彼は何をして生計を立てているのか、まったく不明だったが、どうかすると牛肉の大塊をホテルの厨房に売りつけることがあった。すると翌日の新聞に、どこそこの郊外で牛が一頭盗まれ密殺されたなどと記事になるのである。

ところが、たったひとり自由人の生活をたのしむつもりでいた三鬼は一か月も経たぬうちに思いがけぬ女との出会いから、またしても女難の神戸時代をくりひろげてしまうハメとなる。四年ほど前に、渡辺白泉・東京三〈秋元不死男〉を横浜本牧のチャブ屋Sに案内した折、悪酔いした白泉の吐瀉物をきれいに始末してくれた無口な女、波子にホテルでひょっこり出会い「センセイでしょう?」と声をかけられたのである。ビールを飲み、ダンスをしただけの縁にすぎなかったが、昔、彼が歯医者であったのをちゃんと覚えていて「センセイ」と呼んだのである。眼帯をかけていた彼女は、友だちに借りたハンカチから急性淋毒性結膜炎にかかり、一夜にして失明するかも知れぬ危険な状態にあった。三鬼は持ちまえの世話好きをおさえかね、彼女を親戚の眼医者につれて行き、薬を受けとると、自分の部屋に泊めて寝ずの看病をして夜を明かした。

驚いたことには、二時間毎に揺り起こし眼薬をさしてやる三鬼の手を、波子は邪険に払うと「かまわないで下さい、恩をうけたくないのです」と冷たくつぶやいた。三鬼自身「おせっかいやき」と自分で言っているが、それにしてもこの時の驚きざまは目に見えるようだ。親切の、こんなお返しを受けたのは三鬼の生涯を通じてなかったろうと思われる。

彼女は、ある青年との初恋に破れ、逃げるようにして横浜をあとに神戸にやって来たのである。神戸からジャワのカフェー、つまり将校用の慰安所の募集に応じて乗船するつもりでいた。ジャワ行きを中止したのは、その仲間の一人にゾルゲ事件の外人と関係のあった女がいたため、波子も憲兵に狙われて乗船直前追い戻されたからだ。私はここで波子という女性について何か書かねばならぬが、一度も会っていない上に、三鬼も詳しく書いていない。

本牧小港のチャブ屋街は知っているが、第二キヨホテルの有名なおはま、白系露人のメリーと遊んだのは私が十七歳のころで、胸をやられ転地した先の伯母の家が船大工でボートを持ち、彼女たちを乗せて海に出ただけの話である。

ホテルにいる十数匹の仔猫を集め、蚤《のみ》を取ってやるのが趣味だった波子が四年間も三鬼と同棲したのは、いつ出会うかも知れぬ初恋の男に、軀を売って食べていなかった証が立てたかったからである。そうして四年後に波子は実母の疎開先へ帰っていったが、再び横浜のチャブ屋づとめを始め、その後黒人と結婚してアメリカへ渡ったという噂である。

私は三鬼がトーアロードの二階から、一日の大半を通行人眺めについやしたと前述したが、実は、波子に習ってセンセイと呼ぶバー勤めの女、つまり売春婦たちからとてつもない相談を受けては結構忙しくしていたのである。一つ二つの例を挙げれば、看護婦上がりの美女が素人づらをして客をとるのは何事か、センセイから意見をしてくれという抗議。三鬼の知人である老ドイツ人が嫁さんを欲しがっているのを知ると、ホテル内で一番不美人の女給の月下氷人に立つが、こともあろうに相手が醜男だという理由で、彼女は翌日さっさと引き上げて来るといった事件。ホテルへ客を連れ込むことをタブーとした彼女たちの中には、男と寝に行く前、お金のごっそり詰まったハンドバッグを三鬼に預けてゆくなど、三鬼は身の上相談所の所長も兼ねていたのである。

三鬼がコスモポリタンのハキダメと呼んでいたホテルを引き払う気になったのは、昭和十八年の夏であった。神戸はスパイの暗躍する街であるとともに、国民服もゲートルも持たぬ三鬼のような自由主義者、もんぺを穿こうとせぬ売春婦たちの気ままな暮らし、いわば非国民のハキダメのような街でもあった。ここで彼のデカダンスは水を得た魚のように生々と展開するかにみえたが、空襲の迫りつつあるある日、突如として彼らコスモポリタンの無頼な生活に慄然とし、ホテルを引き払ってしまった。つまり彼は、自分のことは棚に上げて、周囲の人々が無責任で利己主義で、一発の焼夷弾も消すまいと見てとったのだ。引っ越し先は山の手の、明治初年に建てられたぼろぼろの西洋館で、訪れた俳人の誰かが三鬼館と命名したそれである。

隣家に露人ワシコフが住んでいたが、

露人ワシコフ叫びて石榴《ざくろ》打ち落す

の一句で知られている割には、あまり親しいつきあいはなかったように思える。

三鬼館には、三谷昭、石橋辰之助、東京三、石田波郷、山本健吉、永田耕衣、安東

次男、榎本冬一郎、平畑静塔、橋本多佳子、鈴木六林男、沢木欣一ら俳人や評論家が訪れている。

引っ越して間もなく神戸は二回の空襲にあい、ホテルは土蔵を残してあとはすっかり焼けてしまった。ホテルの女たちは先を争って元身上相談所のセンセイ、すなわち三鬼館になだれこみ、たちまちてんやわんやの暮らしとなった。そうして一、二か月もすると生活力旺盛な彼女たちは、それぞれ落ちつき場所を見つけるとバタバタといなくなった。

三鬼はお化け屋敷のような西洋館に波子と二人でひっそりと住み、犬、猫、カナリヤ、鳩、蓑虫たちと仲良く暮らした。もっとも蓑虫は三鬼たちの来る以前からの主《ぬし》で、糸を離れると二人が向き合ったまま黙りこくっているテーブルの上を、わがもの顔に歩きまわった。生きものを殊に愛した三鬼、やがて蓑虫の生態を考慮し、庭の木の枝に返してやる、そういうやさしい男なのだ。

蓑虫の蓑を引きずる音の夜

昭和三十一年、三鬼五十六歳の七月、八年勤続した大阪女子医大を辞し「俳句」編集部就任のため上京した。

三鬼は東京に絶望して云々、と前に書いたが、私はそのころ親しく酒を酌み交わす機会を得、次のような意外な話をきかされた。

昭和十三年春、彼は胸部疾患が再発し重態となって入院した。このとき徹夜で看病した女性が四年越しの恋人であり看護婦の絹代だった。といっても彼女は同じ病院の看護婦ではなく、昼間よその病院に勤めながら夜はつきっきりの看病をしてくれたのであった。このひとが葉山で三鬼の死に水をとっている。

「桂郎に、俺が種馬にされた話をしたかね……」

「いえ、聞いていませんが……」

三鬼は恩人である絹代から、ある日突然に思ってもみなかった難題を吹っかけられた。三鬼の子供を産ませてくれというのだ。理由は郷里の九州に働き者の老母がいて、子宮癌と診断され、本人も死期を感づいていた。母親思いの彼女は、孫の顔を見て死にたいと未婚の娘を手紙で責める、なんとかして今生のうちに、母の念願をかなえてやりたいが、結婚の相手探しも、たとえいたといっても子供ができるかどうかも判らない、という。三鬼はすでに妻があり子があるところから、子種のあることに間違いない。いったん言い出した絹代はあとへひかず、ついに望みを達したのである。娘は当然のごとく手紙を書き送り、父親からは一刻も早く「ムコどん」を連れて帰郷せよといってくる。

私は資料として都市出版社版『西東三鬼全句集』を置いているが、自伝「神戸」の中でも、この種馬の話、第九話　鱶《ふか》の湯びき——は傑作中の傑作であった。三鬼は、世に「乗りかかった船」「五十歩百歩」「毒食わば皿まで」隣国には「没法子《メイファーズ》」という言葉がある——と、十七年の秋、東京発九州行の汽車に乗った。大きな腹をした絹代が大満悦な顔で窓外の風景に見入っている傍で、自分の顔の写る窓硝子から眼を離さず「こんな話聞いたことがない」とつぶやきながら、胸の中はクソいまいましさでいっぱいだった。

大村湾に面した老父母の家に着くと、翌日は娘とムコどんを親類一同に引き合わす祝宴が待っていた。三尺ほどの灰色の鱶が投げ出されると、いくども熱湯がぶち撒かれ、皮を剝ぎ、それを刺身にしたものが表題の鱶の湯びきである。三鬼は嘔吐に耐えるため、頑強に眼をつぶり通した。

しかし、翌日の昼食後中毒のため七転八倒の苦しみにあった。食べない鱶にあたるはずがなく、それは囲炉裏で焼いた真珠貝が原因だった。三鬼は川棚を発つと東京へ帰り、老母は翌年孫の真樹の顔を見たあと死んでいる。

「俳句」の編集者だったころ、三鬼を大いに悩ました女性がいて、三鬼のこぼし話の傑作があるが、今日幸福な結婚生活をしていると噂に聞いて、その話は割愛する。

昭和三十六年七月八日、町田市の中央病院で私のお袋が死んだ。自宅へ来てくれた石田波郷、高島茂、神山杏雨らに遅れて、小倉栄太郎と三鬼がお線香を上げに来ると、ちょうど昼時だったので有り合わせのもので食事を出したが、お新香を一トくち口にすると、

「これは美味い、ちかごろこんな漬物の味をとんと忘れていたよ」

そう言ったあと私の耳に口を寄せて、

「ここのおかあちゃん、そんなにいいの……」

とっさに意味をくみとれずいると、

「なにをとぼけているんだ、漬物の上手いおかみさんはって、よく言うじゃないか

……」

私はあわてて、この味はそこの仏さん、つまり婆さんゆずりだと答えた。すると三鬼は大声で笑いだし、

「お袋さんじゃ、あかん……」

翌八月、三鬼は角川源義、塚崎良雄と共に福島へ、『奥の細道』の跡をたどり仙台へ向かうと「河」の全国大会に参加している。

この頃からすでに癌の兆しがあったらしく、下痢の止まらぬことに首を傾げていたという。「断崖」の百号記念号を発行して三日目であった。三鬼は父と兄二人を癌で亡くしていたから、俺も死ぬときは癌だと口癖のように言っていたが、そんな言葉を信じたくなかったのは私一人ではあるまい。

九月、胃部の精密検査を受け、十月二日横浜市大病院へ入院、九日、胃切除手術を受けたが、十日後肋膜炎を併発して危篤状態となる。次々と耳にはいる噂を聞くと、病院へ見舞いに行けなかった。私は泣き虫だから、三鬼を困らせ、家族に嫌な思いをさせるだけだと考えたからである。

十一月、退院、自宅静養に移るが、手術の結果が良かったとは思えず、やっと重い腰をもたげて葉山へお見舞に上がった。

「太郎が結婚したよ……」それは本妻の一人ッ子で、三鬼の最愛の長男だ。

そのあとで、カラーの胃カメラ写真の話を自分からしだして、ひどいひどい、あっちこっちに転移してねと、さすがに苦しそうな表情だった。俳人協会の運営について心配していたのは、二度目のお見舞いに伺った時だったかと思う。わざと元気を装おうとするのか、部屋の中をステッキついて歩きまわり、街に出てトンカツが食べたい——などと言った。

昭和三十七年〈六十二歳〉四月一日、ついに長逝した。三日、葉山の自宅で密葬。春嵐とでもいうか、小雨の降る火葬場に桜の花のしきりと散る有様が、いまも瞼に焼きついて離れない。八日、はじめての俳壇葬が、角川書店本社屋上にて厳かにとり行なわれた。

大人命　　享年六十二。

あとがき

「行乞と水」は牧羊社の「俳句とエッセイ」に書き、他の十篇は角川書店の「俳句」に連載した。当時、病床にありがちだったので、いくどか途中で筆を投げようとしたが、「俳句」の編集者室岡氏が承知してくれなかった。いま思うと、氏の励ましがなかったら『俳人風狂列伝』は一本にまとまらなかったであろう。連載中、永井龍男先生から「読んでいて、わからないところがあったよ」と、ご注意があった。私は私なりに、それがどの部分か考えに考え数個所書き改めたつもりである。

資料を心よく提供していただいた先輩の厚意は本文中に述べているが、知名の俳人から寄せられた文書を資料としたものもある。

あらためて読み直すと、雑誌連載のため枚数に制限があって、書き足りないものばかりだった。たとえば、三鬼などは、少なくとも百枚ぐらいはほしかった。大事な資料は、書き終るとすぐお返ししているのでいまさら手のくだしようがない。

装画の山頭火の「足」は、私の親友である小島直氏が心をこめて描いてくれた。

なお、本書について永井龍男先生から身に過ぎたお言葉をいただき、胸のつまる思いをどうしようもない。

昭和四十八年仲秋

石川桂郎

選書版の刊行にあたって

こんど本書が角川選書に加わったことを、私はこころから嬉しく思っている。また新たに、心安く読者の手に渡る――その様な夢を胸いっぱいにするからである。本書の一篇に、雑誌へ発表した当時の箇所を、事情あって訂正してあるが、私には私の言い分があり、その点が心残りだった。「室咲の葦」の里見公園は、昭和三十年、私が肺葉切除手術を受けた東京医科歯科大の分院に隣接していたから、当然、風景描写があるべきなのに、原稿を渡す時点で病気のため加筆できなかった。戦後の荒れ果てた公園は、癖三酔が苦労して登った頃と、さのみ風景に変りがなかっただろうと思われる。なお「屑籠と棒秤」の田尻得次郎の日記に出て来る、バタ屋仲間のN氏が、四国から態々《わざわざ》手紙を呉《く》れ、田尻の記憶違いを指摘されたので、改めることができた。更に

「水に映らぬ影法師」の相良万吉氏のご子息は芸大の洋画科を出て、二十代で国展に初入選したと、消息を知った人からお便りを頂いて、私はいま、ほのぼのとした思いにつつまれている。

石川桂郎

昭和四十九年六月

解説　俳句という一縷の希みにすがって

高橋順子

俳人と風狂という取り合わせは、しっくりしているようだ。私の手元に竹内玄玄一著『俳家奇人談・続俳家奇人談』（岩波文庫）という本があるが、これは室町期から江戸中期までの近世の俳諧師たちの逸話を集めたものである。雲英末雄の解説に「もともと俳諧や俳人は、原義的には世間通常の常識からはずれたところに存在したもので、――中略――俳人それ自体がすでに奇人であり、また奇行の持ち主である条件を内に備えているといえるであろう」とある。これは現在の俳人たちにはあまり当てはまるものではないが、少し前だったら、奇行の持ち主もいたかもしれない。風狂の俳人とは、奇人である俳人ということだろう。

石川桂郎はそのような人びとを部外者の目で見て、書いたのでは決してない。彼自身が俳人であったからだ。したがって彼らを突き放してはいない。呆れながらも寄り添い、俳句に賭ける情熱に打たれている。

石川桂郎は明治四二年、東京生まれ。家業の理髪店を継ぐ。俳句は石田波郷、散文は横光利一に師事した。昭和二五〜三五年、「俳句研究」、「俳句」編集に携わる。三九年より俳誌「風土」を創刊、主宰した。この『俳人風狂列伝』は四八年に上梓されたもので、俳誌編集時代に出会った人びとや、とことん付き合った人たちを、本書において、さらに徹底的に付き合い、容赦なくあばきだすこともした。だまされたことも書いた。編集者は彼らの才能はもとより、性向、家庭の事情、ふところ具合なども知る立場にある。いまとは時代が大いにちがう。いまは編集者と執筆者と顔を合わせないでも、パソコンのメールのやりとりだけで雑誌ができあがってしまうこともある。かつては濃密な時代だった。

彼らはみな俳句という一縷の希みにすがって、自分をもてあましながら、弱さをさらけだしながら、奇行に走ったり、あげくまっとうな生きかたができなかったり、中には喰うや喰わずの人もいたが、贅沢三昧の人もいた。正直言って、種田山頭火、松根東洋城、尾崎放哉、西東三鬼の有名な俳人を除けば、彼の俳句よりは彼の生きかたのほうが瞠目すべきであると思われる人たちもいる。

冒頭の高橋鏡太郎の逸話は身の毛がよだつ。退院を命じられたとき、重症患者の血痰を盗んで飲んだというのである。その描写は鬼気迫る。よほどの胆力をもっていると同時に、家業の理髪店で剃刀を常に手にしていたので、血に怯えなくなったということもあろうか。風狂の俳人・高橋はこんな清新で痛々しい句を作っている。

はまなすは棘やはらかし砂に匍ひ　　高橋鏡太郎

剃刀といえば、私は石川の「蝶」という短篇が忘れがたい。亡夫・車谷長吉の撰んだ『短篇小説集　文士の意地』の中に収められており、それで私は初めて読んだが、お屋敷に呼ばれて、お姫さまの顔を剃りに行った話である。刃物の危うさを秘めた鋭利にして隙のない文体で、緊張と弛緩のさまがみごとだった。優美と醜悪との差はあるが、怖じない目の人である。

私が恰好いいなあと思った石川は、「屑籠と棒秤――田尻得次郎」中の人である。横浜高等工業（現在の横浜国立大）を田尻はトップで卒業したが、酒乱で、勤務先の金を使い込んだ。指名手配され、石川は田尻に自首するように勧めた。「交番までの途中で怖くなったり、嫌になったら、いつでも逃げていい、あたしはけっしてあとを振り向かない、と念を押していた」。石川は「あたし」と言っていたようだ。江戸前の職人のことばだろう。交番に着くと、若い巡査がいきなり田尻に手錠をかけようとしたので、石川は啖呵をきった。「素人の俺が、手もつながずにきた男に手錠とはなんの真似だ。人殺しや放火《ひつけ》じゃないんだぞ」。こういうときは「俺」になるのだ。しかし石川は後で自分に彼を自首させる権利があったのか、と問うた。

俳句を作る人にまず敬意を抱いていたのである。それでなかったら、彼らの悪徳を並べる気もしなかっただろう。彼らは褒められたものではないが、こういう立派な俳句を作ったのだ、と周知したかったのだろう。田尻は出所後バタ屋になった。

紙屑を拾ふ掌をもて木の実愛づ　　田尻得次郎

興味深かったのは、「葉鶏頭――松根東洋城」である。東洋城は伊予宇和島藩家老の家柄で、東京、京都帝大卒後、宮内省式部官などの要職に就いた。私はかつて小宮豊隆・寺田寅彦・松根東洋城ら漱石の弟子三氏の連句を解説したことがあるが（『連句のたのしみ』新潮選書)、漱石の東洋城評もあって、私は「芭蕉復興に力を尽くし、生涯娶らず、家集をもたず、俳諧の道に厳格であったという」と記し、また「終始しっかりと物を捉えている」と書いた。こういう人が「風狂列伝」中の人とは、と意外な思いがしたが、石川も最初は、風貌も貴公子然とした彼を同書に加える考えは毛頭なかったという。だが「女好きな、人間くさい面のあるのを知って」考えを変えたそうだ。

東洋城の東京の下宿は赤坂の銭湯の二階で、洗い場を通り抜けて行くのだが、彼は女湯を通っていったそうだ。主宰誌「渋柿」の同人の夫人を犯そうとしたとか、また別の夫人と関係を結び、夫の知るところとなったとか、そういう話も聞こえてくるが、晩年は優しい人だったそうだ。石川も、「芭蕉の正風に還るべしとして」「きびしい姿勢を死ぬまで崩さなかったのは立派であった」と述べている。

黛を濃うせよ草は芳しき　東洋城

石川はこのような句は忘れがたいというが、しかし東洋城の俳句の良さがわからない、と困惑したように記している。この句は若草のように生い出る少女に与えたい句で、私は好きである。でも作者名を忘れていた。東洋城がこんな匂いたつような句を作るとは。

近代の風狂列伝の中に必ず入るのは、尾崎放哉と種田山頭火だろう。二人とも自由律俳句の作者だった。何もかも捨てて放浪した人は定型をも捨てたのだろう。捨て身で生きていくのがよい。自由律の俳人は、季語の代わりに彼の人生を据えなければならないのが厳しいところだ。

石川は「行乞と水——種田山頭火」と題して、山頭火の生涯と句について記している。やはり水なのだった。「酒よりむしろ水を求めて行乞したようにも思える」と記している。私も同感である。私は『水のなまえ』という本で、彼の水の句を拾って考えてみたが、濁る水、澄んだ水、ともに山頭火なのだった。章題を「山頭火と生死の水」とした。

へうへうとして水を味ふ　　山頭火

石川は「『へうへうと』はおかしくはないか。……自らを飄々とは肯けない」とこの句について記しているが、平仮名の「へうへう」は自分が水に溶けていってしまいそうな感覚ではなかったかと私は思う。

昭和三年、四国八十八カ所を巡拝し、小豆島に渡って、尾崎放哉の墓参を済ませる。連れ合いと私は数年前、小豆島、土庄町の墓所を訪れた。放哉の墓は入り口からは遠い階段状の墓地の上のほうだった。寺男だった人の墓はさもありなんと思ったことだった。

「おみくじの凶――尾崎放哉」の放哉の最後を記した文章は、哀悼の念に満ちている。「やがて彼は『いま何時ごろか』とたずねた。庵に時計がないのでおシゲばあさんは『もうじき電灯がつくころですよ』と答えたが、もう放哉の耳に婆さんの声が聞こえなかった。みひらいた彼の眼に深い深い闇がみえているきりである」。

春の山のうしろから烟が出だした　　放哉

ここで私が諳じている石川自身の句を一句掲げておこう。

裏がへる亀思ふべし鳴けるなり　桂郎

食道癌で寝ている日。自分も裏返された亀であり、声にならない声で泣いている。書き残しておきたいもの、言うに言われぬものが喉に詰まって、呻いているという心情だろうか。こういう日々に気力をふりしぼって書いた本であった。昭和五〇年、上梓から二年後に、六十六歳で永眠した。

（たかはし・じゅんこ　詩人）

編集付記

一、本書は、『俳人風狂列伝』（角川選書、昭和四十九年七月）を底本とし、文庫化したものである。

一、底本中、明らかな誤植と思われる箇所は訂正し、難読と思われる文字にはルビを付した。

一、本文中に今日からみれば不適切と思われる表現もあるが、作品の時代背景および著者が故人であることを考慮し、底本のままとした。

本書は、『俳人風狂列伝』（角川選書、昭和四十九年七月）を文庫化したものです。

中公文庫

俳人風狂列伝《はいじんふうきょうれつでん》

2017年11月25日　初版発行

著　者　石《いし》川《かわ》　桂《けい》郎《ろう》

発行者　大橋　善光

発行所　中央公論新社
〒100-8152　東京都千代田区大手町1-7-1
電話　販売 03-5299-1730　編集 03-5299-1890
URL http://www.chuko.co.jp/

DTP　ハンズ・ミケ
印　刷　三晃印刷
製　本　小泉製本

Published by CHUOKORON-SHINSHA, INC.
Printed in Japan　ISBN978-4-12-206478-2 C1195

中公文庫既刊より

各書目の下段の数字はISBNコードです。978－4－12が省略してあります。

ち-8-1
教科書名短篇　人間の情景
中央公論新社 編
司馬遼太郎、山本周五郎から遠藤周作、吉村昭まで。人間の生き様を描いた歴史・時代小説を中心に中学教科書から厳選。感涙の12篇。文庫オリジナル。
206246-7

ち-8-2
教科書名短篇　少年時代
中央公論新社 編
ヘッセ、永井龍男から山川方夫、三浦哲郎まで。少年期の苦く切ない記憶、淡い恋情を描いた佳篇を中学教科書から精選。珠玉の12篇。文庫オリジナル。
206247-4

む-28-1
幕　末　非命の維新者
村上一郎
大塩平八郎、橋本左内から真木和泉守、伴林光平まで。歌人にして評論家である著者が非命に倒れた維新者たちの心情に迫る、幕末の精神史。〈解説〉渡辺京二
206456-0

は-73-1
幕末明治人物誌
橋川文三
吉田松陰、西郷隆盛から乃木希典、岡倉天心まで。歴史に翻弄された敗者たちへの想像力に満ちた出色の人物論集。文庫オリジナル。〈解説〉渡辺京二
206457-7

か-18-8
マレー蘭印紀行
金子光晴
昭和初年、夫人三千代とともに流浪する詩人の旅はいつ果てるともなくつづく。東南アジアの自然の色彩と生きるものの営為を描く。〈解説〉松本　亮
204448-7

か-18-7
どくろ杯
金子光晴
『こがね蟲』で詩壇に登場した詩人は、その輝きを残し、夫人と中国に渡る。長い放浪の旅が始まった――青春と詩を描く自伝。〈解説〉中野孝次
204406-7

か-18-9
ねむれ巴里
金子光晴
深い傷心を抱きつつ、夫人三千代と日本を脱出した詩人はヨーロッパをあてどなく流浪する。『どくろ杯』につづく自伝第二部。〈解説〉中野孝次
204541-5

か-18-10
西ひがし
金子光晴
暗い時代を予感しながら、喧噪渦巻く東南アジアにさまよう詩人の終りのない旅。『どくろ杯』『ねむれ巴里』につづく放浪の自伝。〈解説〉中野孝次
204952-9

か-18-11
世界見世物づくし
金子光晴
放浪の詩人金子光晴。長崎・上海・ジャワ・巴里へと至るそれぞれの土地を透徹な目で眺めてきた漂泊の詩人が綴るエッセイ。
205041-9

か-18-12
じぶんというもの　老境随想
金子光晴
友情、恋愛、芸術や書について――波瀾万丈の人生を経て老境にいたった漂泊の詩人が、人生の後輩に贈る人生指南。〈巻末イラストエッセイ〉ヤマザキマリ
206228-3

か-18-13
自由について　老境随想
金子光晴
自らの息子の徴兵忌避の顚末を振り返った「徴兵忌避の仕返し恐る」ほか、戦時中も反骨精神を貫き通した詩人の本領発揮のエッセイ集。〈解説〉池内恵
206242-9

か-18-14
マレーの感傷　初期紀行拾遺
金子光晴
中国、南洋から欧州へ。詩人の流浪の旅を当時の雑誌掲載作品や手帳などから編集する。晩年の自伝三部作へ連なる原石的作品集。〈解説〉鈴村和成
206444-7

た-34-5
檀流クッキング
檀一雄
この地上で、私は買い出しほど好きな仕事はない――という著者は、人も知る文壇随一の名コック。世界中の材料を豪快に生かした傑作92種を紹介する。
204094-6

た-34-4
漂蕩の自由
檀一雄
韓国から台湾へ。リスボンからパリへ。マラケシュで迷路をさまよい、ニューヨークの木賃宿で安酒を流し込む。「老ヒッピー」こと檀一雄による檀流放浪記。
204249-0

た-34-6
美味放浪記
檀一雄
著者は美味を求めて放浪し、その土地の人々の知恵と努力を食べる。私達の食生活がいかにひ弱でマンネリ化しているかを痛感せずにはおかぬ剛毅な書。
204356-5

各書目の下段の数字はISBNコードです。978－4－12が省略してあります。

た-34-7
わが百味真髄　檀　一雄
四季三六五日、美味を求めて旅し、実践的料理学に生きた著者が、東西の味くらべはもちろん、その作法と奥義も公開する味覚百態。〈解説〉檀　太郎
204644-3

よ-5-8
汽車旅の酒　吉田健一
旅をこよなく愛する文士が美酒と美食を求めて、金沢へ、そして各地へ。ユーモアに満ち、ダンディズムが光る汽車旅エッセイを初集成。〈解説〉長谷川郁夫
206080-7

よ-5-11
酒　談　義　吉田健一
少しばかり飲むというの程つまらないことはない——。飲み方から各種酒の味、思い出の酒場まで、ユーモラスに綴る究極の酒エッセイ集。文庫オリジナル。
206397-6

よ-5-10
舌鼓ところどころ／私の食物誌　吉田健一
グルマン吉田健一の名を広く知らしめた「舌鼓ところどころ」、全国各地の旨いものを紹介する「私の食物誌」。著者の二大食味随筆を一冊にした待望の決定版。
206409-6

よ-5-9
わが人生処方　吉田健一
独特の人生観を綴った洒脱な文章から名篇「余生の文学」まで。大人の風格漂う人生と読書をめぐる随想集。吉田暁子・松浦寿輝対談を併録。文庫オリジナル。
206421-8

よ-5-12
父のこと　吉田健一
ワンマン宰相はワンマン親爺だったのか。長男である著者の吉田茂に関する全エッセイと父子対談「大磯清談」を併せた待望の一冊。吉田茂没後50年記念出版。
206453-9

う-9-4
御馳走帖　内田百閒《ひゃっけん》
朝はミルク、昼はもり蕎麦、夜は山海の珍味に舌鼓をうつ百閒先生の、窮乏時代から知友との会食まで食味の楽しみを綴った名随筆。〈解説〉平山三郎
202693-3

う-9-6
一病息災　内田百閒
持病の発作に恐々としつつも医者の目を盗み麦酒をがぶがぶ……。ご存知百閒先生が、己の病、身体、健康について飄々と綴った随筆を集成したアンソロジー。
204220-9

う-9-5
ノラや
内田百閒

ある日行方知れずになった野良猫の子ノラと居つきながらも病死したクルツ。二匹の愛猫にまつわる愛情と機知とに満ちた連作14篇。〈解説〉平山三郎

202784-8

う-9-7
東京焼盡《しょうじん》
内田百閒

空襲に明け暮れる太平洋戦争末期の日々を、文学の目と現実の目をないまぜつつ綴る日録。詩精神あふれる稀有の東京空襲体験記。

204340-4

う-9-8
恋日記
内田百閒

後に妻となる、親友の妹・清子への恋慕を吐露した恋日記。十六歳の年に書き始められた幻の「恋日記」第一帖ほか、鮮烈で野心的な青年百閒の文学的出発点。

204890-4

う-9-9
恋文
内田百閒

恋の結果は詩になることもありませう——百閒青年が後に妻となる清子に宛てた書簡集。家の反対にも屈せず結婚に至るまでの情熱溢れる恋文五十通。〈解説〉東　直子

204941-3

う-9-10
阿呆の鳥飼
内田百閒

鶯の鳴き方が悪いと気に病み、漱石山房に文鳥を連れて行く……。『ノラや』の著者が小動物たちとの暮しを綴る掌篇集。〈解説〉角田光代

206258-0

う-9-11
大貧帳
内田百閒

お金はなくても腹の底はいつも福福である——質屋、借金、原稿料……飄然としたなかに笑いが滲みでる。百鬼園先生独特の諧謔に彩られた貧乏美学エッセイ。

206469-0

も-31-2
鷗外の坂
森まゆみ

団子坂、無縁坂、暗闇坂……。森鷗外が暮らした坂のある町。その足どりを辿りながら、明治の文豪の素顔と六〇年の起伏に富んだ生涯を描き出す、渾身の評伝。

205698-5

も-31-3
明治東京畸人傳
森まゆみ

谷中・根津・千駄木をかつて往来した二十五人の物語。地域雑誌を編集するなかで出会った、不思議な魅力あふれる人物たち。その路上の肖像を掘り起こす。

205849-1

各書目の下段の数字はＩＳＢＮコードです。978－4－12が省略してあります。

く-2-2
浅草風土記
久保田万太郎
横町から横町へ、露地から露地へ。「雷門以北」「浅草の喰べもの」ほか、生粋の江戸っ子文人による詩趣豊かな浅草案内。〈巻末エッセイ〉戌井昭人
206433-1

の-4-12
星戀
野尻抱影
山口誓子
山口誓子の句に導かれ、天体民俗学者・野尻抱影が紡いだ星の随筆。星を愛する二人の思いが天空で交差する、珠玉の随想句集。
206434-8

こ-14-1
人生について
小林秀雄
人生いかに生くべきか――この永遠のテーマをめぐって正しく問い、物の奥を見きわめようとする思索の軌跡を辿る代表的文粋。〈解説〉水上勉
200542-6

こ-21-1
本郷菊富士ホテル
近藤富枝
夢二、安吾、宇野浩二、広津和郎らの作家・芸術家たちが止宿し、数多くの名作を生み出した高等下宿の全容を描く大正文学側面史。〈解説〉小松伸六
201017-8

こ-21-7
馬込文学地図
近藤富枝
ダンス、麻雀、断髪に離婚旋風。宇野千代・尾崎士郎をはじめ数多くの作家・芸術家たちの奔放な交流――馬込にくりひろげられた文士たちの青春。〈解説〉梯久美子
205971-9

こ-21-6
田端文士村
近藤富枝
巨星芥川の光芒のもとに集う犀星、朔太郎、堀辰雄ら多くの俊秀たち。作家・芸術家たちの濃密な交流を活写する澄江堂サロン物語。〈解説〉植田康夫
204302-2

う-30-1
「酒」と作家たち
浦西和彦編
『酒』誌に掲載された、川端康成、太宰治ら作家たちとの酒縁を綴った三十八本の名エッセイを収録。酌み交わし、飲み明かした昭和の作家たちの素顔。
205645-9

う-30-2
私の酒『酒』と作家たちII
浦西和彦編
雑誌『酒』に寄せられた、作家による酒にまつわるエッセイ49本を収録。酒の上での失敗や酒友と過ごした時間、そして別れを綴る。〈解説〉浦西和彦
206316-7